ROMEON
VERLAG

Lass uns mal die Menschheit retten

1. Auflage, erschienen 8-2018

Umschlaggestaltung: Romeon Verlag
Text: Fried Martin
Layout: Romeon Verlag

ISBN: 978-3-96229-126-6
www.romeon-verlag.de
Copyright © Romeon Verlag, Kaarst

Bibliografische Information der Deutschen Nationalbibliothek:
Die Deutsche Nationalbibliothek verzeichnet diese Publikation in der Deutschen Nationalbibliografie; detaillierte bibliografische Daten sind im Internet über *http://dnb.dnb.de* abrufbar.

Lass uns mal die Menschheit retten

Eine Zukunftsvision

Autor:

Fried Martin

Inhalt

1. Der erdenweite Crash   7

2. Der Neubeginn   13

3. Der Demokrat und die Verantwortung   16

4. Die Dorfgemeinschaft   24

5. Die demokratische Pädagogik   30

6. Der Tauschhandel   44

7. Religiöse Haltung und demokratisches Verhalten   61

8. 1: Was war?   71

8. 2.: Was ist? - Was kann werden?   108

9. Die Technik und die Streitkultur   127

10. Die Philosophie der Demokratie   133

11. Blick zurück in die Zukunft   159

Das `Colegio internationale´   165

Quellenhinweise   167

Über den Autor   169

1. Der erdenweite Crash

Von den siebzehn Milliarden Menschen, die zum Jahresbeginn 3120 n. Chr. erdenweit die Silvesternacht feierten, haben sieben Milliarden den Technocrash zwischen April und August des neuen Jahres überlebt. Seit wenigen Stunden ist endlich wieder Ruhe eingekehrt. Die Überlebenden der wochenlang anhaltenden katastrophalen Naturereignisse können es noch nicht realisieren, daß sie den apokalyptischen Zustand der Erde tatsächlich überstanden haben. Ihnen bleibt keine Zeit, um über ihre toten Angehörigen und Freunde zu trauen. Ähnlich wie im damaligen Europa nach dem vergleichsweise harmlosen Weltkrieg zwischen den Jahren 1938 und 1945 n. Ch. die Trümmerfrauen zupacken mußten, um eine neue Ordnung zu schaffen, sind die Menschen gefordert, eine viel tiefgreifendere neue Gesellschaft aufzubauen.

Obwohl die Menschen über die Talente des Planeten Erde und die Atome nur ein Halbwissen besaßen, nutzten sie dieses relativ geringe Wissen aus kapital- und machtpolitischen Gründen voll aus. Damit leistete die gesamte Menschheit an den gewaltigen zerstörerischen Naturkatastrophen einen wesentlichen Beitrag. Die mahnenden Warnungen von wenigen vorausschauenden Weisen wurden vor allem von den Führungskräften von Politik und Wirtschaft als Spinnerei abgetan. Einem leitenden Mitarbeiter des größten Computerunternehmens der Erde sollte gekündigt werden, weil seine verrückte Vorahnung einer neuen Ordnung das Unternehmen zerstört hätte. Doch dazu mußte es nicht mehr kommen. Die verrücke Vorahnung wurde von einer viel größeren Wirklichkeit überholt.

Die ausschließlich am Kapital und an der Technik orientierten Kräfte wollten nichtwahr haben, was ihnen die Weisen vorstellten: „Der Mensch ist ein Teil der Natur. Er muß sich, wie alle anderen Lebewesen, auf das Leben der Erde einstellen. Er kann das

Leben der Natur nicht beeinflussen, doch er kann intelligent darauf reagieren. Der Mensch ist nicht Herr der Natur, auch wenn er das glaubt". Weil er diesen Glauben hegte und pflegte, geschah das Unvermeidbare.

Auf sieben großen und zahlreichen kleineren Erdplatten, die auf dem plastischen Material des Erdmantels schwimmen, sind bekanntlich die Kontinente der Erdoberfläche aufgebaut. Die Platten bewegen sich seit mehr als vier Milliarden Jahre wie Eisberge im Ozean, nur viel langsamer. In all´ den Jahren legten sie nur wenige Zentimeter zurück.

In den letzten Jahren wurde das Tempo immer schneller erhöht. Seit dem Jahr 2020 n. Chr. kam es dabei immer häufiger zu gewaltigen Erdstößen und Erdbeben. Dabei wurden in jedem Jahr mehrere berühmte Kulturpaläste, wie zum Beispiel der jüdische Tempel in Jerusalem, der christliche Petersdom in Rom, sowie die islamische Moschee Hagia Sophia in Istanbul schwer beschädigt. Auch politische Prachtbauten, wie das Weiße Haus in Washington, der Kreml in Moskau, ebenso wie die Kaiserpaläste in Tokio und Peking wurden unbenutzbar.

Durch die, sich ständig verschiebenden Kontinentalplatten ergeben sich über die Jahrmillionen erkennbare Spuren vulkanischer Tätigkeit. Von außerhalb der Erde betrachtet, ist der Planet von einem Flickenteppich umhüllt, der löchrig ist. An den Nahtstellen und aus den Löchern bahnt sich das heiße Innere einen Weg nach oben und bildet Vulkane. Ein Vulkan entsteht, wenn Magma bis an die Oberfläche der Erde aufsteigt. Bei einem Vulkanausbruch werden nicht nur glutflüssige, sondern auch feste oder gasförmige Stoffe freigesetzt. In einer Tiefe ab 100 km, in der Temperaturen zwischen 1000 und 1300 Grad Celsius herrschen, schmelzen Gesteine zu zähplastischem Magma das sich in großen, tropfenförmigen Magmaherden in 2 bis 50 km Tiefe sammelt.

Es gibt weltweit ca. 1.500 aktive, in den letzten 10.000 Jahren ausgebrochene Vulkane auf der Erdoberfläche. Der Yellowstone auf dem nordamerikanischen Kontinent zählt zu den größten und gefährlichsten. Die Magmakammer ist dort rund 60 km lang, 35 km breit, 8 - 10 km mächtig. Der Vulkan ist seit 17 Millionen Jahren aktiv. Der letzte heftige Ausbruch liegt 640.000 Jahre zurück. Damals spuckte er 983 Kubikkilometer vulkanisches Material an die Oberfläche.

An der chinesisch-koreanischen Grenze liegt der 2.700 Meter hohe Mount Paektu. Auch er gehört zu den gefährlichsten Vulkane der Erde. Angsteinflößend ist er wegen seiner extrem starken Eruption im Jahr 946 n.Chr. die mehrere Jahre dauerte. Den letzten Ausbruch hatte er 3003 n.Chr. Seit der Zeit sind bis zum Jahre 3120 n.Chr. mehrere Vulkane jährlich acht bis zehn Mal ausgebrochen. Millionen Menschen wurden Opfer dieser Ausbrüche. Allein in den vergangenen vier Jahrhunderten vorher haben Vulkane etwa 300.000 Menschen getötet.

Infolge der interkontinentalen Erdplattenverschiebungen kommt es seit Beginn des Planeten Erde auch zu Erdbeben unter dem Ozeanboden. Es entstehen besonders lange Wasserwellen, die sich über sehr große Entfernungen ausbreiten. Im Bereiche geringer Wassertiefe an flachen Küsten türmen sich diese Wellen zu außergewöhnlich hohen Flutwellen auf, so daß das Wasser weit über die Uferlinie stürzt. Beim anschließenden Zurückweichen wird das auf dem überschwemmten Land mitgerissene Material oft weit ins Meer hinausgespült. So entsteht ein Tsunami. Der Begriff kommt aus dem Japanischen und kann mit Hafenwelle übersetzt werden. Tsunamis traten ursprünglich am häufigsten im Pazifik und am Rand des Stillen Ozeans, in der Subduktionszone des Pazifischen Feuerrings, auf.

Von der erdenweiten Bevölkerung wurden diese Naturereignisse kaum zu Kenntnis genommen. Sie ereigneten sich in Regionen, die bedeutungslos waren. Die früheste bekannte wissenschaftliche Beschreibung des Naturereignisses stammt aus dem

Jahr 1868 n. Chr. In Peru wurde eine Flutwelle im Pazifischen Ozean, namentlich an der Küste von Chile und von Neuseeland dargestellt. Tsunamis zählen zu den verheerendsten Naturkatastrophen, mit denen der Mensch konfrontiert werden kann. Sie tragen ihre zerstörerische Energie über Tausende von Kilometern oder sogar um den ganzen Erdball.

Erst vor knapp tausend Jahren, im Dezember des Jahres 2004 n. Chr., wurden durch einen Tsunami in Südostasien mindestens 231.000 Menschen getötet. Ausgelöst wurde die Welle durch eines der stärksten Erdbeben seit Beginn der Aufzeichnungen.

Die verheerende Wirkung beruhte hier vor allem auf dem großen Wasservolumen, das pro Kilometer Küstenlinie auf das Land traf, während die Wellenhöhe mit zumeist nur wenigen Metern vergleichsweise niedrig war. Seit dieser Zeit kam es fast jährlich zu solchen unterseeischen Erdbeben, inzwischen nicht nur in den pazifischen Gegenden.

In den Monaten April bis August 3120 n. Chr. kam es erdenweit gleichzeitig zu einer ungewöhnlich hohen Geschwindigkeit der Bewegungen der Erdplatten. Die Bewegungen verursachten sowohl Erdbeben; als auch Erdrutsche. Gleichzeitig stürzten gewaltige Berge, wie zum Beispiel der Mount Everest, zusammen. Dabei wurden alle mehrstöckigen Hochhäuser, kulturträchtige Gebäude und große Industrieanlagen vollkommen zerstört.

In den gleichen Monaten wurden fast alle Vulkane erdenweit aktiv. Die Folgen waren verheerend. Durch Feuerregen und Glutstürme verdunkelte sich der Himmel. Schwefelsäure-Aerosole verteilten sich auf dem gesamten Erdball. Die Landschaften wurden mit einer über mehrere Meter dicken Ascheschicht bedeckt. Das vernichtete auf der gesamten Erde die Ernte auf Jahre. Der Lebensraum wurde für Menschen und Tiere unbewohnbar. Durch riesige Wolken aus Säure und Asche wurde zudem das globale Klima um zehn Grad heruntergekühlt.

Sowohl die elektronische Kommunikation als auch der gesamte Luftverkehr waren zerstört. Die Vulkane unter der Meeresoberfläche, also die Tsunamis, leisteten ebenfalls ihren Beitrag zum erdenweiten Technocrash.

Das alleine hatte bereits zu einer außergewöhnlichen Herausforderung der gesamten Menschheit geführt und brachte für Millionen Menschen den Tod. Doch es blieb nicht dabei. Die Erdbeben, Vulkane und Tsunamis sind die natürlichen Ergebnisse der Lebendigkeit des Erdplaneten. Nur die Missachtung dieser Lebendigkeit durch die kapitalorientierte menschliche Politik führte zu den beschriebenen Katastrophen.

Die seit ebenfalls Jahrmillionen bekannten orkanstarken Wirbelstürme mit Wildgeschwindigkeiten von mindestens 180 km pro Stunde sind Werke der kosmischen weltweiten Energie. Je nach uralten Götterregionen werden sie seit den indianischen Ureinwohnern und nach der Gottheit der Mayas auf dem mittelamerikanischen Festlands Hurrikans genannt.

Im Indischen Ozean, also im Golf von Bengalen, im Arabischen Meer und im südlichen Pazifik hingegen sind sie als Zyklone bezeichnet. Stürme, die Ost- und Südostasien oder den nordwestlichen Teil des Pazifiks betreffen werden Taifun genannt.

Die orkanartigen Wirbelstürme entstanden ursprünglich in den Pasatwindzonen über dem Wasser des Atlantiks oder östlichen Pazifiks bei einer Wassertemperatur von über 26,5 °C. Wenn ein gleichmäßig hohes Lufttemperaturgefälle zu großen Höhen hin ein bestimmtes Maß übersteigt, entwickeln sich über den Ozeanen tropische Wirbelstürme. Weil die Lufttemperatur die Wassertemperatur nicht bremst, verdunstet das Wasser in großen Mengen und steigt durch eine erhöhte Wärmemitführung auf. Dadurch bilden sich große Wolken aus, die sich als Wirbelstürme über dem Wasser und den angrenzenden Landzungen entfalten.

Obwohl es längst bekannt war, daß das Meer eine Oberflächentemperatur von mindestens 26,5 °C und die Luft eine gleichmäßige Temperaturabnahme zu den großen Höhen haben muß, kümmerten sich in den letzten mehr als hundert Jahren wenige Großfamilien erdenweit und die ihnen hörigen Politiker kaum um diese Naturgesetze. Mit ihrer kapitalorientierten Machtfülle unterließen sie mehr und mehr die erforderlichen klimawärmenden und umweltpolitischen Maßnahmen. Seit mehr als hundert Jahren befinden sich die Schwankungen der Meeresoberflächentemperaturen wieder in einer Warmphase, weshalb die Wirbelsturmintensität weltweit rapide zugenommen hat. Duch von Menschen künstlich erzeugte Luftwärme übertriebener Energieverbrennung in Form von Abgasen und industriellen Schadstoffemissionen entstand ein Treibgaseffekt, der die endgültige Zerstörung bisheriger Zivilisation vollendete.

So steht die Erde mit ihrem Durchmesser von über 12.700 Kilometer und ihrem Alter von etwa fünf Milliarden Jahre wieder vor einem vollkommenen Neuanfang, ähnlich wie bei dem Ereignis, das in uralten Schriften, wie dem Gilgamesch-Epos oder im Tanach der jüdischen Mythologie, `Sündflut´ genannt wird.

2. Der Neubeginn

Für die Menschen der ersten Zeit nach dem Crash ist es selbstverständlich, aus den Trümmern Brauchbares zu finden. Vor allem sind sie auf der Suche nach Nahrungsmitteln, wie Obst, Feld- und Waldfrüchte, sowie nach Hölzer und Steinen, die als Baumaterial genutzt werden können. Dabei bleiben religiöse, rassistische oder politische Hintergründe des Einzelnen vollkommen unbeachtet. Jeder Einzelnen ist bemüht, mit seinen Fähigkeiten und Talenten für sich selbst und für seine persönliche soziale Umgebung Optimales zu gestalten. Unterschiedliche weltanschauliche, religiöse oder politische Richtungen führen durch respektvollen und eigenverantwortlichen Austausch zu einer Erweiterung des spirituellen Denkens jedes Einzelnen. Die Zustimmung oder Ablehnung verschiedener Denkrichtungen wird mit absoluter Toleranz angenommen. Feindliches Denken ist damit ausgeschlossen.

Die Überlebenden erkennen auch sehr schnell, daß beim Wiederaufbau einer neuen Ordnung, Geld, so wie sie selbst und ihre Vorfahren das noch als den Wert menschlicher Existenz sahen, hinderlich ist. Der Tauschhandel wird erdenweit zur Selbstverständlichkeit.

Als ein Schwerpunkt für den Aufbau einer gesunden Gesellschaft wird sehr schnell klar, daß nur die totale Eigenverantwortung jedes Einzelnen sich selbst und seiner persönlichen Umgebung gegenüber die Grundvoraussetzung ist. Diese Eigenverantwortung wird bereits den jüngsten Mitgliedern einer jeden Gemeinschaft zugesprochen und von diesen gefordert.

So entwickelt sich ein demokratisches Miteinander ohne ein Mehr- oder Minderheitenprinzip, wie das zum Beispiel in sogenannten parlamentarischen Demokratien noch vor dem Crash als einzige Möglichkeit des Miteinanders gesehen wurde. Dieses Miteinander macht jede politische und gesellschaftliche Hierarchie überflüssig.

Bei der Suche nach Brauchbarem haben die Überlebenden auch Dokumente und zum Teil kostbare Aufzeichnungen der geschichtlichen Vergangenheit gefunden. Sie sammeln erdenweit Reste und Bruchstücke von Kulturschriften und literarischen Werken. Diese Sammlungen unternehmen sie intuitiv, ohne zu wissen, was sie damit anfangen können. Mit Stoffresten und gefundenen Stricken und Seilen binden sie die, für sie noch nicht nutzbaren Funde zusammen, um sie für kommende Generationen zu sichern.

Wertvoller und sofort nutzbar dagegen finden sie unter dem Schutt vor allem der ehemaligen Wohnhäuser alle möglichen haushaltlichen Gebrauchsgegenstände, wie Geschirr, Werkzeuge und vor allem jede Menge noch bauchbare Löffel, Messer und Gabeln. Auch Reste von Kleidungsstücken und Schuhwerk tauchen aus dem allgemeinen Chaos langsam auf.

Es bilden sich kleine Gruppierungen, welche die Fundsachen zusammentragen, um sie gemeinsam zu nutzen. Aus dem selbstverständlichen Gemeinsamen entwickeln die Menschen allmählich regionale und überschaubare Sympathiegemeinschaften, die sich einerseits gegenseitig abgrenzen, sich andererseits respekt- und vertrauensvoll begegnen.

Nur während der hellen Tageszeit sind die Menschen aktiv. Sie wagen es nicht, währen der dunklen Tageszeit mit Hilfe von Feuer, Licht zu schaffen. Die Erinnerung an die riesigen Feuerwellen während der totalen Vernichtung ist zu stark und immer noch schreckerregend.

Die Entwicklung des Neubeginns geht auf den fünf Kontinenten unterschiedlich langsam voran. Das hängt sowohl mit den unterschiedlichen klimatischen Voraussetzungen auf den beiden Halbkugeln der Erde, als auch den eingefleischten Traditionen und Mentalitäten der vielen Völkerschaften zusammen. Allen gemeinsam ist die unbewußt entschlossene Absicht, jede Form von Feindschaft nicht aufkommen zu lassen.

Der Wiederaufbau einer existentiellen naturgegebenen Lebensgrundlage, wie Nahrung und Behausung, bietet in den Köpfen aller Menschen keinen Platz für rivalisierendes Denken. Die gemeinsame Not macht nicht nur erfinderisch, sondern schafft auch eine selbstverständliche Solidarität gegenüber allem Lebenden. Zwar reden die Menschen darüber nicht und es ist offenbar auch nicht im vorderen Bewußtsein ihres Alltages, doch sie erleben diese Solidarität als etwas Naturgegebenes, dem gegenüber sie sich voll verantwortlich fühlen. Diese Verantwortlichkeit, die der Natur des Menschen aus göttlichkosmischer Schöpferkraft zu eigen gegeben ist, ist das Maß allen Denkens und Handelns jedes Einzelnen auf seine individuelle Art und Weise.

Etwas mehr als zwei Jahren nach dem Technocrash ist es den Menschen möglich, langsam wieder mit Neuanpflanzungen zu beginnen. Die Natur hat, dank der landwirtschaftlichen Bemühungen der langsam auch wieder wachsenden Bevölkerung, erste Früchte und Samen hervorgebracht, die zum Anbau erforderlich und nutzbar sind. Ein Großteil der Männer und Frauen ist auf allen fünf Kontinenten weiter mit dem Ausbau der Nahrungsquellen beschäftigt. Fast ebenso viele bemühen sich, den klimatischen Erfordernissen entsprechende Behausungen zu schaffen. Grob gesagt, sind es vordergründig die Bauern und die Maurer, die dem materiellen Dasein wieder eine Form geben. Auch dem Wunsch nach Bekleidung und Schuhwerk widmen sich entsprechend ihren Begabungen und Fähigkeiten kleinere Gruppen unter den verschiedenen Bevölkerungsgemeinschaften erdenweit. Bei allen diesen urhandwerklichen Tätigkeiten kommt es auch zum geistigen Austausch. Dieser bildet die Basis und die Motivation für die Gestaltung einer vollkommen neuen gesellschaftlichen Ordnung.

3. Der Demokrat und die Verantwortung

Am letzten Abend der ersten Frühlingswoche im Jahre 122 n. Tc. sitzen drei Familien von Alpenhort im Gemeindezentrum ihres Dorfe beim gemeinsamen Essen. Alpenhort ist eines der fünf Dörfer auf dem Territorium einer ehemaligen Stadt im Süden Germaniens auf dem europäischen Kontinent.

Albert, der Zweitgeborene von Gero und Christiane, ist der Jüngste der kleinen Tischgemeinschaft. Er will wissen, was ein Demokrat ist. Mit dieser Neugierde konfrontiert er die Runde. Die 14 jährige Irene, sie ist die ältere der beiden Töchter von Rainer und Gertrud, fragt Albert: „Wie kommst du auf diese Frage?". Darauf erklärt Albert der Tischrunde, er habe vor Tagen hier im Zentrum ein Gespräch mitbekommen, bei dem jemand behauptete, daß es auf dieser Erde nur dann so weiter geht, wie in den letzten 122 Jahren nach dem Crash, wenn sich weiterhin jeder einzelne Mensch auf dem Planeten täglich aufs Neue bemüht, ein Demokrat zu sein. Pietro, seine Frau Albertine und die 15 jährigen Zwillinge Peter und Klaus sind die dritte Familie in der Runde. Pietro wirkt im Zentrum als Sozialpädagoge. Er wird darum besonders hellhörig bei dem, was er von Albert erfährt.

Mit einem kleinen Vortrag will er die Neugierde Alberts befrieden. Die Tischgemeinschaft kennt und schätzt den besonnenen und spirituell begabten Sozialpädagogen. Auch andere Alpenhorter, die grade im Zentrum sind, hören dem engagierten jungen Mitarbeiter in ihrem Zentrum gerne zu.

Immer mal wieder werden sie von dem Gedankenreichtum des Mannes überrascht, der ohne großes Pathos vorträgt: „Der Demokrat nimmt die Verantwortung für sich sehr ernst und überlässt die Verantwortung für den Anderen dem Anderen. Er achtet auf sein Wohlergehen, das heißt, er achtet auf sich und beachtet seine Umgebung, sowohl sein internes, persönliches Umfeld als auch die erweiterte Umgebung. Beachten heißt auch aufmerksam sein. Er offenbart seine Bedürfnisse und nennt seine Erwartungen. Er kann es zulassen, wenn seine Erwartungen nicht erfüllt werden. Für seine Bedürfnisse und Erwartungen übernimmt er die Verantwortung; auch für die nicht befriedigten Bedürfnisse und die nichterfüllten Erwartungen. Er achtet darauf, durch sein Reden und Handeln einen konstruktiven Beitrag für wen oder für was auch immer, zu leisten. Feindschaften mißachtet er, Feinde jedoch toleriert er. Seine Haltung kann so formuliert werden: `Ich bin nicht gegen den Feind, doch gegen die Feindschaft.` Feindliches Verhalten ihm gegenüber toleriert er. Entsprechendes Verhalten gegen andere mißbilligt er aktiv. Er geht sowohl mit Freunden, wie mit Gegnern mit achtsamer Distanz um. Emotionale Offenheit heißt für den Demokrat nicht gleich Nähe. Selbst im Umgang mit seinen Nächsten lebt er die Nähe, gepaart mit erforderlicher Distanz"

Ohne zu wissen, was im fernen Alpenhort geschieht, diskutieren 25 junge Menschen, in Jechjahau, einem der zwanzig Dörfer der ehemaligen Weltstadt Jerusalem über das gleiche Thema. Sie haben sich zufällig aus den fünf Kontinenten zu einem Erfahrens- und Erkenntnisaustausch getroffen.

Alexis, ein junger Grieche, stellt fest: „Ein gesunder Demokrat geht sowohl mit Freunden wie mit Gegnern mit achtsamer Distanz um." Helmfried, der in Jechjahau lebt, ergänzt den Vorredner: „Der Demokrat beobachtet dabei die `Gesellschaft` und sich selbst, um sowohl sich als auch dem Einzelnen in der Gesellschaft nicht zu schaden. Er nutzt seine Qualität auch, einer festgeformten und `genormten` Gesellschaft zu schaden. Doch niemals schadet er dem einzelnen Menschen, der sich in einer solchen genormten Gesellschaft gefangen fühlt, ohne sich dessen bewusst zu sein".

Ruandus aus Afrika versteht nicht ganz und fragt: „Wie geht das?" Der Germane antwortet: „Der Demokrat offenbart und benennt das kranke Verhaltensmuster und das entsprechend gestörte Handeln. Er überlässt es dann dem Gestörten in der genormten Gesellschaft., wie er damit umgeht."

Philipus, ein weiterer Grieche in der Runde, behauptet mit einem leichten Hang zur Überheblichkeit: „Ein echter Demokrat lässt sich nicht zwingen und er zwingt nicht. Die Begriffe `bitte´ und `danke´ passen nicht zu seinem demokratischen Bewußtsein. Bitten ist für ihn überflüssig, weil jeder Mensch ein Recht auf Hilfe hat und er darum kein Bittsteller sein muß. Demgegenüber ist ein Danke oft eine anerzogene Lüge, wenn Hilfe nicht gewollt und keine Freude ist. Der ehrliche Demokrat sagt, wenn es angebracht ist, `Ich freue mich´, statt danke".

Es sind offenbar kosmischen Kräfte, welche die drei Familien in Alpenhort in Germanien und die fünfundzwanzig jungen Menschen aus allen Kontinenten im einstmaligen Israel zusammen geführt haben, ohne das die Betreffenden es wissen.

Ihre innere Weisheit läßt sie das alle spüren. Dieses Spüren der kosmischen Verbindungen ohne konkretes Wissen, ist ein Signal des neuen Menschen nach dem Crash vor 122 Jahren.

Der 25-jährige Pioxen war wochenlang zu Fuß und mit einem motorisierten Segelschiff unterwegs. Er kam vor zwölf Tagen in Jechjahau an und sitzt mit den anderen 24 jungen Menschen, Frauen und Männern, zusammen. Wie er sagt, will er die westliche Welt kennen lernen. Für die anderen im Kreis ist er darum etwas Besonderes, weil er der erste Mensch aus der ostasiatischen Welt des Erdplaneten ist, dem sie bisher begegnet sind. Die beiden ebenfalls 25 jährigen Aida und Rodolfo kommen vom Süden des amerikanischen Kontinentes. Sie sind bereits seit mehreren Wochen in Jechjahau, nachdem sie ebenso mit einem Schiff über den großen Ozean gekommen sind.

Auch hier waren möglicherweise kosmische Kräfte im Spiel. Fast zur gleichen Zeit fanden einige Jahre nach dem Crash die Dorfbewohner von Hongcha, das direkt an der Südküste Chinas liegt, und die Bewohner von Cincita, einem Dorf an der Mündung der Flüsse Rio Paraná und Rio Uruguay an der Ostküste des südlichen Amerikas, noch gut erhaltene Schiffe. Sie waren vor mehreren hundert Jahren vor dem Crash gesunken und wurden durch Tsunamis wieder an die Meeresoberfläche getrieben. Pioxen, Aida und Rodolfo berichten, daß ihre Vorfahren die wieder entdeckten Schiffe vor der Küste ihres jeweiligen Dorfes, erneut flott und seetüchtig machen konnten. Die Schiffe wurden früher und werden jetzt wieder mit Segeln und Dampfkraft betrieben.

Vor allem bei der 14-jährigen Irene, der Tochter von Rainer und Gertrud in Alpenhort, ist das mit der Verantwortung, die der Demokrat übernimmt, hängen geblieben. Sie hat ein besonderes Interesse daran, einzelne Worte auf ihre Bedeutung und Herkunft zu erfragen. So hat sie das Wort Verantwortung in die Teile `Ver´, `Antwort` und `ung´ aufgeteilt. Die Silbe `Ver´ hat in diesem Fall seine Wurzeln in dem indo-germanischen Begriff `fra´, was übersetzt `Bruder´ heißt. `Antwort´ ist immer die Reaktion auf eine Aktion und die Endsilbe `ung´ deutet auf die Verbalisierung des Substantivs hin. So läßt sich das Wort Verantwortung in `brüderliches Handeln` erkennen. Diese Auslegung trifft genau den Kern, was Verantwortung heißt.

Die Erkenntnis, so wie Irene sie der kleinen Tischgemeinschaft in Alpenhort vorträgt, löst vor allem bei dem besonnenen Sozialpädagogen Pietro weitere theoretische Gedanken zum Thema Verantwortung aus. Es kommt noch einmal zu einem Vortrag: „In der Demokratie wird die Verantwortlichkeit besonders hervorgehoben. Die echte, demokratische Gesellschaftsform ist komplett auf die Verantwortung jedes einzelnen, gleichberechtigten und gleichverpflichteten Bürgers angewiesen. Die Demokratie verpflichtet jeden Einzelnen in der Gesellschaft zu verantwortlichem Handeln. Das hat Gründe. Wenn wir Demokratie ernst nehmen, müssen wir das Leben in der Menschengemeinschaft auf eine demokratische Lebensform einstellen. Wir müssten den Menschen eine Kompetenz zumuten, die selbstverständlich im Umgang einen demokratischen Habitus hat, der ihre Sensibilität und ihre Handlungsweise prägt. Demokratisch ist auch die gegenseitige und gemeinsame Verantwortung für die Gemeinschaft. Es müssen wirksame Strukturen und Prozesse gestaltet werden, um kultiviert verantwortlich zu handeln. Entsprechend muss die Gesellschaft Gelegenheiten bieten, auch im Alltag verantwortlich zu handeln. Verantwortung beginnt bereits im Mutterleib. Der Embryo strampelt sich Platz im Buch der Mutter. Er wartet nicht, bis die Mutter den Platz schafft. Das kann sie gar nicht. Der Embryo entscheidet auch, wann er den Bauch der Mutter verlassen will. Das ist ein biologisches Gesetz. Demnach ist die Eigenverantwortung eines Menschen ein biologisches Gesetz. Die natürlichen Folgen der biologisch gesetzmäßigen absoluten Eigenverantwortung des Einzelnen ist sein Selbstvertrauen, das zum ebenso natürlichen Vertrauen gegenüber den Mitmenschen und allen anderen Lebewesen mit der dazugehörigen erforderlichen Wachsamkeit führt."

Während die drei Familien in Alpenhort rein theoretisch über den Begriff Verantwortung nachdenken und sich austauschen, können Aida und Rodolfo in Jechjahau von einem ganz konkreten Beispiel von Verantwortung während ihrer Schiffsreise berichten. Rodolfo beginnt den Bericht: „Das Schiff, das vor etwa einem Jahr vom Hafen am Rio Paraná in Richtung Afrika startete, ist recht groß. Es hat drei Segel und wird auch mit Dampfkraft vorangetrieben.

Es hat drei Etagen. Ganz unten ist zum einen der Dampfkessel eingebaut und die Holzvorräte werden zum anderen für den Feuerantrieb gelagert. Das erforderliche Wasser, um den Dampf zu erzeugen, wird dem Meer entnommen.

Neben einem Fachmann waren immer zwei bis drei andere Mitreisende dabei, das Feuer zu schüren, wenn das Schiff nicht mit dem Wind durch die Segel vorangetrieben wurde.

Auf der mittleren Etage sind die Schiffsküche, die ebenfalls mit Holzfeuer versorgt wird, sowie Vorratsräume für die Lebensmittel, für das Reisegepäck und sonstige Utensilien, die auf einer Schiffsreise gebraucht werden, untergebracht. Auf dem Oberdeck, wie die Fachleute das nennen, sind Schlaf- und Aufenthaltsräume eingerichtet. Auf dem Deck ist noch ein kleinerer Aufbau, der `Brücke´ genannt wird. Dort arbeiteten jeweils zwei Personen, die das Schiff mehr oder weniger gemeinsam lenkten. Unter uns waren mehrere daran interessiert auf der Brücke zu arbeiten. Sie wechselten sich mehrmals in einer Woche ab. Wir waren achtundzwanzig Reisende, wobei der Unterschied zwischen den `Besatzern´, die das Schiff ständig betreuten, und den Reisenden nicht zu erkennen waren. Denn alle konnte in allen Funktionen tätig werden.“

„Wir haben während der Reise sehr interessante Beobachtungen gemacht“, setzt Aida den Bericht fort: „Wie Rodolfo sagt, war es nicht auszumachen, wer `nur´ Reisender und wer `Besatzer´ war. Wir waren eine Gemeinschaft von achtundzwanzig Männern und Frauen. Jeden dritten Tag trafen sich alle nach dem gemeinsamen Essen, um darüber zu beraten, was zu tun war und welchen Kurs das Schiff halten sollte. Dabei stellte sich sehr bald heraus, daß es unterschiedliche Haltungen und grundsätzliche Positionen unten uns gab. Ein Großteil waren mehr oder weniger aktive Zuhörer. Sie gaben nur gelegentlich eine Meinung von sich. Sie waren mehr daran interessiert, die getroffenen Entscheidungen gemeinsam umzusetzen. Auffallende waren vier Mitreisende, die sich an dem Meinungsaustausch kaum beteiligten, sie standen meist abseits und waren mit irgendwelchen Unterlagen und Karten beschäftigt. Wie sich herausstellte, sahen sie ihre Aufgabe darin, anhand der Unterlagen den jeweiligen Richtungskurs neu zu errechnen und ihr`Ergebnis´denen vorzuschlagen, die sich für die Umsetzung der Entscheidungen verantwortlich fühlten. Es waren immer zwei der vier von Rodolfo genannten Personen, die gerne auf der Brücke standen, um die letzten Entscheidungen über den Kurs und die täglichen Arbeiten zu treffen. Ihnen war anzusehen, daß sie sich sehr gerne für alles verantwortlich fühlten und Spaß daran hatten, ihren Verantwortungsbereich so groß wie möglich zu halten.

Jeweils einer der beiden auf der Brücke war tonangebend, während der Zweite mehr als Berater dabei war. Besonders auffällig waren mehrere Personen, darunter auch Rodolfo, die Spaß daran hatten, auf alle Meinungen und Entscheidungen zunächst mit einem klaren Nein zu reagieren, um nach einiger Zeit noch bessere Ideen und Vorschläge einzubringen oder letztendlich die bereits getroffenen Entscheidungen mitzutragen. Sie wirkten oft wie Besserwisser und wurden als kleine Rebellen erlebt. Wie sich herausstellte, lagen sie mit ihrer Contrahaltung oft genau richtig. Besonders wichtig war es jedoch, daß alle Personen, die Lust auf eine der genannten Positionen hatten, diese auch im Wechsel wahrnehmen konnten. Es gab keine festgefahrene Hierarchie. Ich nenne das eine demokratische Hierarchie, die die Lebendigkeit einer Gemeinschaft befruchtet". Mit diesem etwas pathetischen Schlußwort beendet Aida ihren Bericht.

Pioxen aus Hongcha, der vom asiatischen bis auf den afrikanischen Kontinent ebenfalls für kurze Zeit auf einem Schiff war, sagt, daß er Ähnliches erlebt hat. Er fasst seinen Bericht kurz zusammen: „Ich hatte den Eindruck, daß unter den Reisenden Menschen waren, die eine große Verantwortungslust hatten, sie handelten wie Alphas in einer Herde. Neben ihnen wirkten Berater, die diese Alphas gerne unterstützten, sowie hin und wieder auch deren Position übernahmen. Die kleinen Rebellen, wie Aida sie nannte, trugen mit ihrer Contrahaltung, an der sie sichtlich viel Spaß hatten, sehr oft zu besseren Ergebnissen bei. Am Rande, und wenig am Gemeinschaftsleben interessiert, waren auch einige, die sich lieber mit ihren Karten beschäftigen, als mit den anderen. Ihre Verantwortungslust beschränkte sich auf das, was sie konnten. Nicht so sehr, wie sie sich in die Gemeinschaft einbringen könnten. Gleichzeitig waren sie bereit, alle jene Aufgaben wahrzunehmen, welche die anderen nicht so gerne machten. Sie opferten sich, ähnlich wie die Opfertiere, die am Rande einer Herde leben und von angreifenden anderen Tieren aus anderen Rudeln als erste angegriffen werden. In der Fachwelt werden diese Tiere auch Omegatiere genannt. Offenbar gibt es in der menschlichen Gemeinschaft große Ähnlichkeiten mit diesen Herdentieren. Dabei sind die meisten der Tiere eher Mitläufer."

Unter den fünfundzwanzig jungen Männern und Frauen, die sich in Jechjahau zusammengefunden haben, herrscht Einigkeit, daß so eine Schiffsreisegruppe ein sehr gutes Beispiel für eine demokratische Gemeinschaft ist. Eine solche Gemeinschaft muß überschaubar sein, wenn pure, direkte Demokratie gelingen soll.

4. Die Dorfgemeinschaft

Weil die verheerende Naturkatastrophe zwischen April und August 3.120 n. Chr. auch die gesamte Elektrotechnik zerstörte, waren die Menschen wieder auf eine ganz persönliche und mitmenschliche Kommunikation angewiesen. Den Menschen der ersten Zeit standen auch nur die natürlichen Energiequellen, Wasser, Luft und Sonne, zur Verfügung, sodaß es außer den eigenen Füßen zunächst keine anderen Transportmittel gab. Besitz- und Eigentumsdenken konnten nach dem Crash durch die Notwendigkeit des Wiederaufbaus gar nicht aufkommen. Alle waren daran interessiert, sich einen Raum zu schaffen, in dem sie in einer Gemeinschaft lebensfähig sein konnten. Diese Gemeinschaft mußte für jeden Einzelnen überschaubar bleiben, wie die Schiffsreisenden aus Asien und Südamerika das in ihren Berichten auch jetzt, 122 Jahre danach, sagen. Es entstanden, ohne konkrete Absicht und ohne entsprechende Planung, Dorfgemeinschaften.

Zwei Jahre nach dem Zusammenbruch entwickelte sich so Alpenhort, ein Dorf im Süden Germaniens. Es waren als kleinste soziale Zellen zehn Familien. Diese schlossen sich zunächst zu einer Gruppe zusammen. In der Gruppe wirkten als Bauern und Handwerker auch die Vorfahren der drei Familien, die sich bei einem gemeinsamen Essen darüber Gedanken machten, was ein echter Demokrat, und wie Verantwortung zu verstehen ist. Zu dieser ersten Gruppe kamen neun weitere. Somit leben im Dorf jetzt ca. 2000 Menschen, Männer und Frauen jeden Alters und Kinder. Jede Familie baute sich mit gegenseitiger Hilfe zunächst ein Holzhaus.

Ein dörfliches Gemeindezentrum ist Treffpunkt aller Dorfbewohner. In Alpenhort, das als Musterdorf und Orientierung für weitere, in Germanien wachsende Dörfer galt, entstand auch das erste aus Stein gebaute Haus, da mehrere Handwerker sich als talentierte Maurer entpuppten. Diese Maurer bauten auch das Gemeindezentrum.

Fast um jedes Haus, ob aus Holz oder Stein, legten sich die Familien in diesem Musterdorf einen kleinen Obst- Gemüse- und Blumengarten zu, damit sie eine eigene Nahrungsquelle nutzen konnten. In Alpenhort, das am Fuße einer Bergkette wuchs, siedelten auch Familien an, denen die Hege und Pflege von Tieren besonders wichtig war. Sie schufen im Umland des Dorfes und an den Berghängen ausgedehnte Weideflächen für Schafe und Rinderherden. Damit versorgen sie sich selbst und im Tauschhandel auch andere Dorfbewohner mit Milch, die auch zu Butter und Käse verarbeitet wird. Den Watzmann, so wurde die Bergkette bereits vor dem Crash genannt, genießen die Bewohner für Bergwanderungen als ausgleichende Beschäftigung vor allem an den Wochenenden, die, wie schon immer, von den Menschen als Zeit der Ruhe und Entspannung genutzt werden.

Bereits in der ersten Generation nach dem Crash war es für die Überlebenden eine Selbstverständlichkeit, sich in überschaubaren Gruppen zusammenzuschließen. Nur so war der notwendige Wiederaufbau möglich. In ganz Deutschland entwickelten sich darum ähnliche überschaubare Dorfgemeinschaften.

Mit einem nicht erklärbaren allgemeinen Empfinden der Menschen, daß die soziale Ordnung neu organisiert werden muß, gaben die Menschen dem Land den Namen Germanien. Natürlich wußte die erste Generation nicht, daß Germanien der uralte Name ihres Heimatlandes war. Erst in der zweiten Generation wurde das zur Gewißheit. Ebenso erkannten die Menschen, daß die großen Städte mit ihrer Unüberschaubarkeit für ein gesundes, demokratisches Miteinander nicht geeignet waren. In diesen ehemaligen großen Städten entstanden Hierarchien, die es möglich machten, daß einige wenige kleine Gruppen sich Machtmonopole schaffen konnten, die eine echte Demokratie unmöglich machten.

Ein weiteres Hindernis demokratischen Denkens und Handelns war das Geldkapital, das zu Machtzwecken mißbraucht wurde. Die materielle Basis der neuen Ordnung kann an Stelle des Geldes nur der Tauschhandel sein.

So begann bereits die zweite Generation bewußt damit, im ganzen Land nur noch solche Dorfgemeinschaften zu schaffen, wie sie das in Alpenhort gesehen beziehungsweise davon gehört hatte. In der dritten Generation ist diese neue Ordnung des gesellschaftlichen Miteinanders zu einer bewußt gewählten Selbstverständlichkeit geworden.

Je nach landschaftlichen und klimatischen Gegebenheiten sind in ganz Germanien ähnliche Dörfer entstanden. Die Dörfer in Bergregionen schufen sich ein Umfeld, wie sie das in Alpenhort gesehen haben. In den Ebenen, an Flüssen und Seen im gesamten Land paßten sich die Dörfer dem natürlichen Umfeld an.

Es entstanden bäuerliche Anwesen mit großen Ländereien, die für den Ackerbau beziehungsweise für die Viehzucht genutzt werden können. In anderen Regionen entstanden Dörfer mit vorzugsweise handwerklichem Ambiente und an den Küsten sind vor allem der Fischfang und die Meeresnähe ausschlaggebend für die Atmosphäre der Dörfer. Dabei zeigte sich das demokratische Prinzip aller Dorfgemeinschaften bereits von Anfang an auf unterschiedliche Weise und wird bis in die Gegenwart beibehalten.

Familienentscheidungen bleiben familienintern. Persönliche Habe, wie Einrichtung, Haushaltsartikel und Lebensmittel garantieren den familiären und persönlichen Wohlstand. Überflüssiges und für das Wohlbefinden der Familie nicht Erforderliches, wie zum Beispiel zu viel Obst, Gemüse und Ähnliches aus dem eigenen Garten, das nicht als `Tauschmittel´ genutzt wird, geben die Familien in das Gemeindezentrum des Dorfes.

Wenn Entscheidungen über das Familiäre hinaus erforderlich sind, treffen sich die entsprechenden Familien in der jeweiligen Gruppe ebenfalls im Dorfzentrum. Die Anliegen werden bei diesen Gruppentreffen mit allen großen und kleinen Betroffenen, also mit Großeltern, Eltern und den Kindern im sprachfähigen Alter, so lange besprochen, bis alle Betroffenen zu einer tragbaren und für alle annehmbaren Entscheidung kommen. Das kann oft mehrere Tage in Anspruch nehmen. In noch etwas größerem Rahmen werden Anliegen, die das ganze Dorf betreffen, in der Dorfgemeinschaft bearbeitet, bis das ganze Dorf dahinter stehen kann. So werden die letztgültigen Entscheidungen ausschließlich in den Dorfgemeinschaften getroffen.

Am Ende des Jahres 122 n. Tc., also nach dem ersten Jahr der dritten Generation, sind im gesamten germanischen Gebiet sehr viele und sehr unterschiedliche Dorfgemeinschaften entstanden. Um von den verschiedenen Qualitäten und Besonderheiten wechselseitig zu profitieren, fanden sich Dorfgemeinschaften in gleichen landschaftlichen und klimatischen Räumen zusammen, ohne die absolute Autonomie jedes einzelnen Dorfes zu beeinflussen. In der Regel sind es jeweils zehn Dörfer, die sich in einer Region gegenseitig unterstützen, sowie Erfahrungen und Informationen austauschen.

Da nicht in allen Dörfern alle landwirtschaftlichen oder handwerklichen Einrichtungen möglich sind, sind diese regionalen Kontakte zur Befriedung alltäglicher Bedürfnisse sehr förderlich. Weil es in der neuen Gesellschaft kein Geld gibt, hat sich so in den Regionen ein reger Tauschhandel entwickelt.

Regional gemeinsame Vorhaben, werden bei regelmäßigen Treffen in wechselnden Dorfzentren besprochen. Die Sprecher der Dorfgemeinschaften werden für jedes einzelne gemeinsam geplante Unternehmen von allen Dorfbewohnern ausgesucht. Wenn das geplante Unternehmen auf regionaler Ebene besprochen und vereinbart ist, berichten das die Gesandten ihren

Dorfgemeinschaften, um alle Bürger auf demokratische Art und Weise an der letztgültigen Entscheidung zu beteiligen. Wenn alle Dorfgemeinschaften einer Region die vereinbarten Absprachen gut heißen, werden wieder andere Dorfbewohner ausgesucht, die gemeinsam mit den ausgesuchten Bewohnern der anderen Dörfer, das Vorhaben verwirklichen.

Das ist oft ein langer Prozeß. Er fordert sehr viel Geduld von jedem Einzelnen. Doch bereits in den demokratischpädagogischen Einrichtungen in den Gemeindezentren aller Dörfer wird schon den Jüngsten diese Geduld als eine selbstverständliche Voraussetzung für gesundes Denken und Handeln vermittelt.

Für politisch, ökonomisch und kulturell aktuelle Interessen, die über die Regionen hinausgehen, schließen sich meist 10 Regionen, also etwa 200 000 Menschen in Volksgruppen zusammen. Wie in den Regionen werden auch in diesen Gruppen nur Informationen und Meinungen ausgetauscht. Auch auf diesen Ebenen sind ausgesuchte Spreche der Regionen nur für die aktuellen Anliegen aktiv. Der Austausch von Informationen und Ansichten in den Volksgruppen wird über die Regionen an die Dörfer weitergegeben. Den Dörflern ermöglicht das, Entscheidungen zu überprüfen und zu bedenken, um sie dann in weiteren Entscheidungsprozeßen einzubringen. Dieses demokratischhierarchische Prinzip wird je nach Anliegen und aktuellen Anlässen auf Länderebene, das sind meist 10 Volksgruppen, übertragen. Auf nationaler Ebene, dem Zusammenschluß von zehn Ländern mit etwa 20.000.000 Menschen gilt entsprechend der betreffenden Anliegen der Länder das gleiche Prinzip.

Auf allen Kontinenten der Erde, die 10 bis 12 Nationen miteinander verbinden, gilt das demokratische Prinzip, Entscheidungen werden ausschließlich auf dörflicher Ebene getroffen. Damit ist die autonome und demokratische Lebensfähigkeit aller Menschen auch auf kontinentaler Ebene gesichert.

Berichte und Informationen von Kontinenten zu Kontinenten haben für jeden einzelnen Erdenbürger ausschließlich wissens- und bewußtseinserweiternden Charakter.

Die älteren Dorfbewohner erinnern sich, von ihren Vorfahren gehört zu haben, daß die jetzigen Regionen früher Zusammenschlüsse von Stadtteilen in den Millionenstädten waren. Auf ländlicher Ebene wurden sie Landkreise genannt. Es waren Gruppen mit ähnlichen Mentalitäten und Traditionen. So wurden früher Menschen im südlichen Germanien `die Bayern´ und in den östlichen Gegenden `die Preußen´ genannt.

Die Bezeichnung Länder, Nationen und Kontinente blieben aus der alten Zeit erhalten. Damals wurden die Entscheidungen entweder auf diktatorische Weise oder in sogenannten parlamentarischen Demokratien von ganz oben nach unten festgelegt. In beiden Fällen blieben die Anliegen der Minderheiten unbeachtet. In den damaligen Demokratien hatte die Bevölkerung bei Wahlen ein recht bedeutungsloses Stimmrecht. In den viel häufigeren direkten oder heimlichen Diktaturen galt nur der absolute Gehorsam gegenüber den Mächtigen. Das führte häufig zu Rebellionen oder kriegerischen Aktionen.

Die Regelung, daß nur noch auf Dorfebene Entscheidungen getroffen werden, bei denen alle Bürger ab sprechfähigem Alter eingebunden sind, garantiert ein humanes und friedliches Miteinander. Aufkommende Streitigkeiten werden solange ausgetragen, bis alle Beteiligten Gewinner sind. Sieger und Verlierer gibt es in der neuen Gesellschaft nicht.

5. Die demokratische Pädagogik

Bereits während der zweiten Generation nach dem Crash haben sich erdenweit in allen Dörfern und Regionen bei den Bewohnern Talente, Fähigkeiten und Neigungen gezeigt, die während der anstrengenden Wochen und Monaten des primären Wiederaufbaus nicht zu erkennen waren. Vor allem handwerklich Begabte entdeckten die gesammelten und zusammengetragenen Fundsachen, die noch brauch- oder reparierbar waren. Darunter waren neben vielen Haushaltsgegenständen unter anderem auch Werkzeuge, Räder in allen Größen aus Holz und Metallen, Schubkarren und sonstige Transportwagen, die von Pferden, Ochsen oder Eseln gezogen werden konnten.

Diese Fundsachen regten Handwerker an, jetzt in der dritten Generation Fahrzeuge zu bauen, mit denen Menschen und Waren leichter von Dorf zu Dorf, von Region zu Region, ja sogar von Ländern zu Ländern zu transportieren sind. Diese Transportmittel unterstützen auch eine immer intensivere Kommunikation unter den Menschen auf allen Ebenen der neu strukturierten Gesellschaft.

Die so verstärkte Kommunikation unter den Menschen von den Dörfern über die Regionen, von den Ländern bis hin zu den Nationen erweitert das Wissen und die Einsichten aller Demokraten und beeinflußt so ständig die Entscheidungsprozesse in den Dorfgemeinschaften. Dabei bekommen die Gemeindezentren, die in allen Dörfern Mittelpunkt und Treffpunkt des Miteinanders sind, mehr und mehr auch den Charakter eines politischen Parlaments.

Gleichzeitig erkennen die Dorfbevölkerungen, daß ihre Entscheidungen weit über die Grenzen des eigenen Dorfes Folgen haben und zu einem demokratischen Gesamtgefüge der Nationen führen müssen. Von Kontinent zu Kontinent ist das nicht viel anders, wie bei den 25 jungen Menschen, die aus den fünf Kontinenten kommen und sich in Jechjahau gegenseitig aufklären. Im gegenseitigen Austausch erfahren die jungen Leute auch, welche zentrale Bedeutung das `Dorfparlament´, wie sie es nennen, in ihrem Heimatdorf hat. Trotz traditioneller und mentaler Unterschiede sowohl in den asiatischen als auch in den südamerikanischen Nationen, die sich besonders im kulturellen und künstlerischen Brauchtum erkennen lassen, haben alle Dorfzentren einen Schwerpunkt gemeinsam. Sie beschreiben diesen, jeder in seiner Sprache, als `demokratische Pädagogik´, wie sie die neue Form des Lernens bezeichnen.

Von ihren Vorfahren wurde ihnen berichtet, daß die Schulen, welcher Art auch immer, Zwangslehranstalten waren und die Schüler lernen mußten, was die Gesellschaft wollte. Die persönlichen Talente, Neigungen und Interessen, vor allem der Kinder und jüngeren Schüler, spielten dabei keine Rolle. In verschiedenen Ländern, so berichten vor allem die jungen Leute aus europäischen Ländern, gab es sogar eine Schulpflicht. Auf diese Weise wurde das angeborene, eigenverantwortliche, demokratische und tolerante Denken und Handeln bereits in den ersten Lebensjahren in hohem Maße gebremst, ja sogar oft vollkommen zerstört. Das diente den Mächtigen, weil sie damit die Menschen kontrollieren konnten, um ihre Macht zu festigen. Demokratie war so nicht denkbar.

Triest, im Nordosten Italiens hatte neben vielen internationalen Lehranstalten eine Klinik für psychisch gestörte und psychisch kranke Menschen. Dieser Klinik war auch eine Ausbildungsstätte für Sozialpädagogen aller Richtungen und psychologische Heilpraktiker angeschlossen. Die Stadt wurde bei dem Crash Opfer eines Tsunamis. Die Überlebenden im Norden Italiens haben die Lernmaterialien der Ausbildungsstätte und die wissenschaftlichen Aufsätze unter den Trümmern der Klinik gefunden.

Ab Beginn der zweiten Generation hat sich eine kleine Gruppe von jungen Männern und Frauen aus den zwanzig Dörfern auf dem Territorium der ehemaligen Stadt Triest zusammengetan, um als Dozenten die Ausbildung wieder anzubieten. Die Bewohner der Dörfer in der Region haben ein großes Holzhaus, das als Institut genutzt wird, und drei Holzblockhäuser als Unterkunft für die Dozenten gebaut. Von den Bewohnern ihrer Dörfer werden diese auch mit allem versorgt, was sie für ihr persönliches Leben und für ihre Lehrtätigkeit brauchen.

Weil diese neue Einrichtung zunächst die einzige im gesamten europäischen Raum war, die wieder aktiv wurde, haben sich europaweit alle an der demokratischen Pädagogik besonders Interessierte an der neuen Ausbildungsstätte zu Sozialpädagogen oder Heilpraktikern ausbilden lassen. Erst gegen Ende der zweiten Generation entstanden auch auf dem nordamerikanischen Kontinent und zu Beginn der dritten Generation im asiatischen Raum ähnliche Einrichtungen.

Die Studierenden leisten ihren Studienbeitrag mit ihren individuellen praktischen und künstlerischen Talenten und Fähigkeiten. Damit tragen sie dazu bei, der Lebensqualität aller Bewohner der jeweiligen Regionen im Zusammenleben, einen höheren Stellenwert zu geben.

Rodolfo und Aida, die beiden Südamerikaner, wissen durch ihre Vorfahren, von einem brasilianischen Lehrer, der eine `Pädagogik der Freiheit´ pflegte. Seine Aussage war, `Gebt den kleinen und großen Menschen Antworten, wenn sie Fragen stellen. Zwingt sie nicht, Fragen zu stellen, für die sie nicht oder noch nicht offen sind. Gleich ob die Fragen mit zwei oder mit zwanzig Jahren gestellt werden. Laßt sie vom Tage ihrer Sprechfähigkeit erleben, daß alle ihre Entscheidungen Folgen haben, die sie selbst tragen können, dürfe, ja sogar müssen´. Für diese These wurde er von den damaligen diktatorischen Machthaber mehrere Jahre in einem Gefängnis festgehalten.

Während ihres Studiums haben die Sozialpädagogen und Heilpraktiker eine vertiefte Einsicht in die psychische Kraft des Menschen gewonnen. Am Modell eines Emotionalrades, das in der norditalienischens Ausbildungsstätte entwickelt wurde, erkannten sie die Bedeutung der Intuition, wie die `Innere Stimme´ genannt wird. Sie zeigt sich durch die vier Grundgefühle. Das Gefühl Schmerz, Trauer, Mangel, Sentimentalität und Berührtheit schafft die intensivste Nähe des Menschen zu sich selbst und zu seinen nächsten Mitmenschen. Das Gefühl läßt die Bedürfnisse des Individuums erkennen, das dann mit dem Gefühl der Aggression, der Lebensenergie, reagiert.

Das Gefühl weckt die Neugier, die ähnlich wie die natürliche Eigenverantwortung seine Bedürfnisse auf unterschiedliche Weise befriedigt. Die individuelle Befriedigung weckt das Gefühl der Freude, die sich dann mit allen möglichen Formen der Lebenslust auslebt. Um sich durch Übertreibung dieser Lust nicht zu schaden, meldet sich das Grundgefühl der Angst. Die Angst hat die Aufgabe, den Menschen vor Gefahren zu schützen. Sie macht sensibel, vorsichtig, wachsam, aufmerksam und rücksichtsvoll. Offenbar hat sich diese im Inneren des Menschen angelegte Weisheit erdenweit erkennbar gemacht.

Speziell dazu ausgebildete Sozialpädagogen unterweisen Mütter und Väter noch bevor ihr Nachwuchs auf die Erde kommt, darüber, daß bereits der Embryo in den letzten Wochen vor der Geburt intuitiv mitbekommt, welche Stimmungen in der unmittelbaren familiären Umgebung herrschen.

Je respektvoller und demokratisch-friedlicher der Umgang der Familie ist, in das der oder die `Neue´ kommt, um so mehr kann der oder die Neugeborene seine bzw. ihre biologisch-natürliche Eigenverantwortung ausleben. Schon im Mutterleib schafft sich der neue Erdenbürger oder die neue Erdenbürgerin den Platz, der zur Bewegungsfreiheit nötig ist. Mutter und Vater erleben das als `strampeln´ und freuen sich darüber.

Auch den Zeitpunkt der Geburt bestimmt der neue Erdenmensch selbst. Seine Bedürfnisse, wenn er dann endgültig angekommen ist, verkündet der Mensch vom ersten Augenblick seines Daseins mit lautem Schreien, mit Weinen oder auch Quengeln.

Die Bedürfnisse werden von der sozialen Umgebung ernst genommen. Die unterweisenden Sozialpädagogen unterstützen den gesamten Familienclan zum einen, die Bedürfnisäußerungen nicht durch Eigeninteresse zu mißachten, zum anderen allerdings auch, den Säugling erleben zu lassen, daß nicht alle seine Forderungen sofort befriedigt werden. Sowohl ein klares Ja wie auch ein ebenso klares Nein geben dem kleinen Erdenbürger bereits während der postnatalen Phase, also im ersten Lebensjahr, Orientierungshilfe, was geht und was nicht immer geht. So entwickelt der noch nicht sprechfähige Mensch unbewußt schon sehr früh seine Entscheidungsfähigkeit, wie die. darauf spezialisierten, sozialen Berater wissen und darüber aufklären.

Da sich die Entwicklung aller Lebewesen total individuell bemerkbar macht, kann sie auch beim Menschen nicht auf einen Zeitpunkt des Alters festgelegt werden. So können Neugeborene bereits ab dem zweiten Lebensjahr, andere erst mit vier oder fünf Jahren demokratisches Verhalten entwickeln.

Dieser erste Ansatz einer demokratischen Pädagogik wird im Dorfzentrum fortgesetzt. Kleine und große Kinder jeden Alters treffen sich mit Jugendlichen und Erwachsenen in den extra dafür eingerichteten Spielstuben, um auf spielerische Weise die angeborene Eigenverantwortung mehr und mehr bewußt anwendbar zu machen. Jede pädagogische Aktivität basiert dabei auf der Devise: `Lernen für das individuelle Leben jedes Einzelnen´. Die in den Spielstuben wirkenden Spielpädagogen haben uralte Spiele wieder entdeckt. Je nach Lust und Interesse der Besucher bieten sie diese zur Einübung in strategisch-demokratisches Denken und Handeln an.

Dazu sind vor allem Brettspiele wie Halma, Mühle oder Dame geeignet, die bevorzug von Kindern ab dem sechsten Lebensjahr, von Jugendlichen und jungen Erwachsenen genutzt werden. Weil es keine Technik gibt, gibt es auch keine technischen Spiele, die das Eigenverantwortliche einschränken würden.

Auch gemeinschaftliche Sportspiele, wie Fuß- und Handball dienen der Einübung in demokratisches Verhalten. Besonders wichtig ist dabei nicht der `Erfolg´ durch den Gewinn einer Mannschaft, sondern der Spaß am gemeinsamen Spiel. Bewußt werden speziell bei diesen Spielen die `Tore´ nicht gezählt. Jeder Spieler in den beiden Mannschaften freut sich über ein Tor, gleich welche Mannschaft es erzielt hat. Diese Regel dient der Motivation. Damit wächst der Spaß am gemeinsamen Spiel und nicht die Freude des 'Siegers´ gegenüber dem `Verlierer´. Die Spieler entwickeln mit diesen Regeln das Empfinden für eine gesunde Konkurrenz innerhalb der Mannschaft. Jeder Spieler bringt seine persönlichen Talente und Neigungen ein. Er trägt so zum Gemeinschaftserlebnis und zum `Tore-Treffen´ bei. Der ungesunde Wettbewerb im Sinne von Sieger und Verlierer ist ausgeschlossen. Die Spiele, gleich welcher Art, ob Fußball oder Brettspiel, enden immer mit Gewinnern auf der ganzen Linie.

Neben der Einsicht in demokratisches Spielen wird bei diesen Aktivitäten die besonders wichtige Toleranz geübt und gelebt. Speziell das etwas anspruchsvolle Schachspiel, welches die Spielpädagogen ebenfalls wieder entdeckten, dient dem Trainieren von Fairness und Toleranz; nicht, wie das noch vor dem Crash üblich war, dem erfolgreichen Meistersieger und dem unterlegenen und deprimierten Verlierer.

Selbstverständlich haben Kinder bereits in den frühesten Jahren ihrer Entwicklung Spaß am Kämpfen. Der Kampf der Kinder in diesen ersten Jahren eines jeden Menschen ist ein Training der Durchsetzungskraft bei der Erfüllung der eigenen Wünsche und

Bedürfnisse. Dieses Training bieten die Sozialpädagogen während der Trotzphasen der Heranwachsenden bereits in den Spielstuben und später in den Lernstuben der Dorfzentren an.

Unter den Lernmaterialien und Aufsätze der Ausbildungsstätte im ehemaligen Triest fanden sich auch die pädagogischen Überlegungen des brasilianischen Paolo Freires, wie Rodolfo und Aida das schon bei dem Treffen in Jechjahau erwähnten. Bei dem Treffen berichtete Paolo aus Italien auch von der italienischen Ärztin, Pädagogin und Philosophin Maria Montessorie und ihren, schon zu ihren Lebzeiten vor mehr als eintausend Jahren, ungewöhnlichen pädagogisch wissenschaftlichen Aufsätzen.

Paolo erzählte auch, daß die `Dozenten´ der neu aufgebauten Ausbildungsstätte in Triest die Überlegungen und Aufsätze der beiden Persönlichkeiten aufgenommen haben. Der Brasilianer und die Italienerin lebten zur gleichen Zeit, sind sich jedoch nie persönlich begegnet. Ihre `demokratische Pädagogik´ fand in der damaligen kapital- und machtorientierten Gesellschaft nur sehr geringes Gehör und wurde bald vergessen.

Die Dozentengruppe in Norditalien hat die Ideen der beiden als einen Teil des Lehrprogramms zusammengefaßt. Montessoris wichtigste Aussage haben sie im Original zitiert: „Das Kind als Baumeister seiner selbst, entwickelt sich nach seinem inneren Bauplan in der Begegnung mit dem Kosmos, also der Natur, der Kultur und der Gesellschaft in die es hineingeboren wird". Die `Kosmische Erziehung"´, wie die Italienerin ihre Pädagogik nennt, will dem Heranwachsenden zusammenhängendes Wissen aus verschiedenen Lernbereichen vermitteln und den Zusammenhang und die Gesetzmäßigkeiten einer Ordnung innerhalb des Kosmos erfahren lassen. Die Kosmische Erziehung vermittelt das Wissen um die Gesetzmäßigkeit in der Natur und das Bewußtwerden der Wechselbeziehungen von Mensch und

Natur wie auch der Menschen untereinander. Die wichtigsten Ziele sind Achtung vor und Verantwortung für die Natur und die vom Menschen geschaffene Kultur. Weil die jüngeren Kinder eher über bildhaftes Vorstellungsvermögen verfügen, sollen die Pädagogen zur Anregung ihrer Vorstellungskraft Hilfen zur Übertragung eines Sachverhaltes in symbolischen Darstellungsformen anbieten.

In den Lernstuben sind darum vor allem kreative und künstlerische Aktionen, wie Malen, Collagen bauen und arbeiten mit Tonerde Schwerpunkte des Lernens. Mit großer Begeisterung sind sowohl die kindlichen und jugendlichen Besucher jeden Alters, von etwa drei Jahren bis weit über das zehnte Jahr hinaus, als auch Erwachsenen, bei der Sache. Bei diesem spielenden Lernen werden Interessen geweckt und immer mehr Fragen gestellt.

Das bestätigen die theoretischen Gedanken des Brasilianers. Auch diese haben die Dozenten im nördlichen Italien kurz zusammengefaßt und dabei ebenfalls Originalsätze Freires zitiert: „Gebt den kleinen und großen Menschen Antworten, wenn sie Fragen stellen. Zwingt sie nicht, Fragen zu stellen, für die sie nicht oder noch nicht offen sind. Gleich ob die Fragen mit zwei oder mit zwanzig Jahren gestellt werden. Laßt sie vom Tage ihrer Sprechfähigkeit erleben, daß alle ihre Entscheidungen Folgen haben, die sie selbst tragen können, dürfe, ja sogar müssen"

Beim zweiten Treffen der 25 jungen Männer und Frauen, in Cincita, Südamerika, haben Rodolfo und Aida als Gastgeber die demokratische Pädagogik zum Thema gemacht.

Nach Ansicht des Brasilianers entwickeln die Menschen in der Bildung des `kritischen Bewußtseins´ die Kraft, kritisch die eigene Haltung zu finden, mit der sie in der Welt eigenständig existieren können. Sie lernen die Welt nicht als statische Wirklichkeit, sondern als eine Wirklichkeit im Prozeß zu sehen.

Durch den wahren Dialog zwischen Lehrenden und Lernenden können beide die Wirklichkeit enthüllen. Dialog kann nur mit einer tiefen Liebe für Welt und Menschen existieren. Erforderlich ist der intensive Glauben an den Menschen. Einen Glauben an seine Macht, zu schaffen und neu zu schaffen, zu machen und neu zu machen. Einen Glauben an seine Berufung, voll Mensch zu sein. Nur so können sich die Dialogpartner auf ein gemeinsames kritisches Denken einlassen.

Bei der praktischen Umsetzung der Bildung des kritischen Bewußtseins greifen die Sozialpädagogen in den Lernstuben den Hinweis von Montessorie wieder auf. Sie nutzen die bildhaften und kreativen Vorstellungen der Lernstuben-Besucher. Musizieren, Singen und Theaterspielen sind die Ausgangspunkte, über die dann im konstruktiven Dialog das kritische Denken in besonderer Weise gefördert wird.

Geschichten, Sagen und Märchen, wie sie in den unterschiedlichen Kulturen der Kontinente von Generation zu Generation weiter gegeben wurden, sind auch bei den Pädagogen in den Lernstuben angekommen und werden von diesen in den ´Lernprogrammen´ genutzt. Unter den Lehrenden haben sich einige auf das Märchen- und Geschichtenerzählen spezialisiert und bieten den Besuchern der Lernstuben Märchenstunden an.

Theaterbegabte Pädagogen nutzen die Geschichten und Märchen zu Rollenspielen und kleinen Theaterspielen. Sowohl zu den Märchenstunden als auch zu den Aufführungen der Märchenspiele werden von Zeit zu Zeit die Dorfbewohner eingeladen. Vor allem die Theaterspiele prägen das Bewußtsein für Verantwortung und Hingabe in besonderem Maße.

In den germanischen Lernstuben werden die Märchen der Gebrüder Grimm aufgrund ihrer pädagogischen Inhalte bevorzug genutzt. Zum Beispiel wird in ´Hänsel und Gretel´ die Eigenverantwortung in den Mittelpunkt gerückt.

Die armen Eltern schicken ihre Kinder alleine in den Wald und überlassen sie ihrem Schicksal. Die Kinder vertrauen sich selbst, schauen sich um, wo sie sind, und finden das Hexenhaus. Dort werden sie mit dem `Bösen´ konfrontiert. Mit ihre Kreativität und Schlauheit überwinden sie das Böse, befreien sich selbst und alle anderen, die vorher von der Hexe festgehalten wurden.

Das Schulwesen, vor allem auch die Schulpflicht, wie in der alten Gesellschaft für jede Form von Bildung geforderte, steht vollkommen im Widerspruch zur demokratischen Pädagogik. Diese Einsicht hat sich erdenweit sehr schnell beim Aufbau eines neuen Lern- und Bildungssysteme durchgesetzt. So haben sich die Bürger aller Kontinente in den Dörfern bei der Organisation der Lernangebote in ihren Dorfzentren an den europäischen Modellen orientiert.

Nach den Spiel- und Lernstuben folgen die Talentstuben. Wie der Name der dritten Lern- und Bildungsphase sagt, geht es um die Entdeckung der bereits angeborenen Talente jedes einzelnen Menschen, die er in sich trägt. Mehr noch geht es um die persönliche Auswahl und Neigung des Menschen, welche Talente er nutzen will, um in seinem individuellen Leben seiner inneren Berufung zu folgen. Die Einrichtung dient demzufolge dem Prozeß der Berufungsfindung. So wirken in den Talentstuben speziell ausgebildeten `Berater´, deren Basisdisziplin ebenfalls die demokratisch orientierte Sozialpädagogik ist.

Bereits bei der Installierung dieses Ausbildungszweiges für die speziellen Berater hat eine Studierende davor gewarnt, die persönlichen Talente ausschließlich dem Leistungsdenken zu unterwerfen. Sie erinnerte sich an den Bericht über den plötzlichen Herztod ihres Großvaters, der sich beim Wiederaufbau nach dem Crash, seiner Gewohnheit folgend, ununterbrochen unter Leistungsdruck setzte. Er hatte gelernt, daß nur der einen Wert hat, der auch etwas leistet.

Karin hat ihre `Warnung´ in einer etwas philosophischen Verpackung niedergeschrieben. Sie wurde neben dem `Erdkinderplan´ der italienischen Philosophin Montessorie ein Schwerpunkt der pädagogischen Haltung in den Talentstuben: „Der Sinn des Lebens - auch des Menschen - ist an erster Stelle, daß jedes Wesen lebt, liebt und geliebt wird. So hat jedes Lebewesen auf dieser Erde auch seinen Auftrag, seine Berufung - doch diese kommt erst an zweiter Stelle.

Die Blumen blühen, die Pflanzen und Bäume wachsen.

Nicht jeden Menschen erfreut jede Blume. Der eine mag Rosen, der andere Nelken, Tulpen oder Veilchen.
Der Blume ist es gleich, wer sie liebt. Sie blüht, das ist ihr Auftrag.

Nicht jeder Mensch genießt alle Pflanzen und Bäume. Der eine genießt die Kartoffel, den Rotkohl und den Spinat, der andere erfreut sich an Blumenkohl, Wirsing und Tomaten.
Der Pflanze ist es gleich, wer sie liebt. Sie spendet Nahrung, das ist ihr Auftrag.

Nicht jeder Mensch erfreut sich an allen Bäumen. Der eine sucht den Schatten und Schutz unter der Tanne oder der Birke, der andere findet Schutz unter der Palme oder der Pinie.
Dem Baum ist es gleich, wer ihn liebt. Er bietet Schatten, Schutz oder Holz für verschiedene Zwecke, das ist sein Auftrag.

Hat der Mensch, als Krone der Schöpfung, einen geringeren Wert als Blumen, Pflanzen oder Bäume? Mit Sicherheit nicht! Also gilt es, an erster Stelle zu leben und erst an zweiter Stelle seiner Berufung zu folgen. Was nötigt den Menschen, immer alles `zu schaffen´? Was nötig ihn, sich zu quälen, um von allen Menschen geachtet zu werden? Er macht sich damit nur zum gehorsamen Diener einer allumfassenden, ungesunden egozentrischen Gesellschaft".

Der „Erdkinderplan' wie Montessorie ihr pädagogisches Konzept nennt, wendet sich an Heranwachsende im Übergang des Jugendlichen zum Erwachsenen, bei dem die jungen Menschen in den Talentstuben besonders begleitet und gefördert werden. Das Konzept beinhaltet praktische Lernerfahrungen in einem Bauernhof oder einem Handwerksbetrieb als Stätte der Produktion, in einem Geschäft als Stätte des Warenaustausches und der Kommunikation und im Gästetreffpunkt im Dorfzentrum als Dienstleistungs- und Kontakteinrichtung. Diese Einrichtungen werden von Jugendlichen und Erwachsenen geführt. Es ist eine Erfahrungsschule des sozialen Lebens. Der Studien- und Arbeitsplan beinhaltet drei große Bereiche:

Es geht erstens um die Pflege der Beziehungen zwischen den Jugendlichen und ihrer sozialen Umgebung. Die Jugendlichen brauchen dabei genügend Freiheit für individuelle Initiativen, die freilich bestimmten Regeln unterworfen sind. Wegen des schnellen körperlichen Wachstums der Jugendlichen mit den psychischen Komponenten bedarf das eine besonderen Beachtung. Auch auf die Ernährung, den Konsum von Alkohol und Nikotin muß geachtet werden.

Des Weiteren geht es um den Aufbau der Personalität, um Antworten auf die schöpferischen Elemente des psychischen Seins zu erkennen.

Es geht drittens um eine umfassende Bildung durch das Studium der Erde und der lebendigen Natur.

In der praktischen Arbeit ist Letzteres eine Weiterführung der beschriebenen Kosmischen Erziehung. Bilder des sozialen Lebens sowie Entdeckungen, Erfindungen und Schlüsselerfahrungen werden in den genannten drei Einrichtungen vermittelt. Im Übrigen wird der Kontakt zwischen den verschiedenen Völkern und Kulturen durch gegenseitige Besuche besonders hervorgehoben. Die besten Methoden sind diejenigen, die Interesse wachrufen, dann die Möglichkeit geben, allein zu arbeiten und ureigene Erfahrungen zu machen. Dabei helfen Musik machen und Musik hören, tanzen, theaterspielen, fremde Sprache lernen und bildnerisches Arbeiten, wie Zeichnen, Malen und Formen. Nebenbei können die jungen oder auch schon älteren Menschen in den Talentstuben lesen, schreiben, rechnen und noch mehr an schulischem Wissen lernen, wenn sie das wollen.

Die Erfahrung des sozialen Lebens ist eine Schulung für alle. Bereits zehnjährige Jugendliche aber auch junge Erwachsene bis zu zwanzig Jahren, sind engagierte Besucher der Lernstuben, bevor sie sich dann in den Talentstuben auf individuelle Weise weiterbilden, um den Sinn ihres Lebens zu leben und ihren inneren Neigungen und Berufungen zu folgen. Das garantiert den Fortbestand und die Weiterentwicklung der echten demokratischen Ordnung.

Neben den drei pädagogischen Stuben und den demokratischen Dorfparlamenten, die sich regelmäßig in den Zentren zusammen finden, treffen sich in den großen Sälen oder in den etwas kleineren Nebensälen Familien, Freunde und Gäste zu gemeinsamen Festen oder auch mehrere Familien zum gemeinsamen Essen, wie zum Beispiel damals die drei Familien in Alpenhort, bei dem die Frage, was ein Demokrat ist, behandelt wurde.

Die Gesundheitshilfen, in denen medizinische Heilpraktiker und Psychologen bereit sind, entsprechende Probleme von Dorfbewohnern zu behandeln, sind in den Zentren untergebracht. Auch einige `Trödler´ und `Trödlerinnen´ warten auf besondere Fälle einzelner Bürger oder auch Familien, die gelöst werden wollen. Alle Dienstleister die ihren persönlichen Berufungen in den Centern folgen, werden bezüglich Unterkunft und Lebenshaltung von der gesamten Dorfbevölkerung unterhalten.

In den großen Hallen oder auch in entsprechend kleineren Räumen werden recht häufig kulturelle Veranstaltungen wie

Konzerte, Theater, Musicals, Lesungen und Ausstellung angeboten. Die Lebenshaltungskosten auch diese Künstler werden von der Bevölkerung oder auch von den Besuchern der Veranstaltungen getragen. So funktioniert völlig problemlos der geldlose Tauschhandel der Gemeinschaften in allen Kontinenten, wenn auch mit unterschiedlichem Ausdruck und verschiedenen Haltungsformen, die ihre Basis in den jeweiligen Traditionen, Mentalitäten und Brauchtümern haben.

6. Der Tauschhandel

Der Aufbau und die Organisation einer demokratischen Ordnung und der Verzicht auf Geld waren für die Männer und Frauen der ersten Zeit nach dem Crash keine bewußte Entscheidungen. Die Notsituation, in der sich alle Erdenbürger nach der Katastrophe befanden, machte es erforderlich, daß jeder mit seinen Kräften und Möglichkeiten am Wiederaufbau mitarbeiten mußte. Die gegenseitige Hilfe und der Austausch von individuellem Wissen war für die Menschheit die einzige Chance zu überleben. Es war völlig natürlich, daß die Menschen in dieser Zeit nicht an Geld oder persönliches Eigentum dachten. Das Streben aller war darauf ausgerichtet, wie rberleben möglich ist. Woher bekomme ich etwas zu essen und wo kann ich heute Nacht schlafen, waren die vorherrschenden Fragen. Wenn während den Aufräumarbeiten jemand etwas Eßbares fand, war das zur selbstverständlichen Sache geworden, dieses oft sehr Wenige mit denen zu teilen, die gerade in der unmittelbaren Nähe waren. Diese soziale und demokratische Selbstverständlichkeit, wie sie auch in der Zeit vor dem Crash in besonderen Krisensituationen zu erkennen war, wurde in den ersten zehn bis fünfzehn Jahren der neuen Zeitrechnung zur unbewußten Gewohnheit. Ebenso wurde es zur Gewohnheit, daß bei größeren Vorhaben, wie zum Beispiel dem Bau eines Wohnhauses für eine Familie, alle Arbeitsfähigen im Umfeld der jeweiligen Familie mit Hand anlegten. So entstanden im Laufe der weiteren Jahre die Dörfer. Mehr und mehr wurden diese Selbstverständlichkeiten zu bewußtem Verhalten und Handeln.

Die biologisch angeborene Eigenverantwortung und das ebenfalls natürliche Sozialverhalten, wie das auch bei allen Herdentieren beobachtet werden kann, nahmen die Menschen der ersten Generation der neuen Gesellschaft bewußt wahr. Sie nutzen beide natürlichen humanen Eigenschaften des Menschen als Basis zum Aufbau der total demokratischen Gesellschaft.

Auch die anfangs nicht beachtete Geldlosigkeit wurde zu einer tragfähigen Philosophie. Sie führte wieder zum Tauschhandel, wie er bereits in der vorantiken griechischen Geschichte selbstverständlich war. Für die Erdenbürger, die jetzt im Jahre 130 n. Tc. in der dritten Generation der neuen Zeit leben, ist der Tauschhandel so auch zum natürlichen Alltäglichen geworden. Der Tauschhandel bringt den Menschen dazu, sich immer wieder seiner Talente und Fertigkeiten bewußt zu sein, damit er seine Tauschwerte erkennt und anbieten kann.

Der Großvater von Stavros hat als 18-jähriger den Crash in seiner griechischen Heimat auf der Vulkaninsel Milos erlebt. Er arbeitete dort in einem Touristenrestaurant als Kellner. Auch Großmutter Lucrezia hat die Katastrophe überlebt. Sie war ebenfalls im Service des beliebten Restaurants beschäftigt. Der Enkel der beiden, mit Namen auch Stavros, erlebte von klein an den Wiederaufbau. Von seinen Eltern hat er etwas von dem erfahren, was seine Großeltern früher arbeiteten. Kellnern wie die würde er auch gerne. Doch es gibt in der neuen Gesellschaft keine Gaststätten und Tourismusrestaurants wie früher.

Darum ist er jetzt ein `Trödler´, der bei großen Festen die Feiernden im Dorfzentrum wie ein Kellner bedient. Auch beim Bau von Wohnraum für die Familien sowohl in seinem als auch im benachbarten zweiten Dorf der Insel hilft er bevorzugt gerne mit. Wegen des Steinreichtums von Milos hat er mit anderen Bewohnern der beiden Dörfer der Insel das erste Steinhaus in seinem Dorf gemauert. Seine Freundin, die auch Lucrezia heißt wie die ihm unbekannte Großmutter, hat in der Talentstube, die es in ihrem Dorf, wenn auch mit anderem Namen, natürlich auch gibt, nähen gelernt. So bietet sie ihr Talent an, neue Kleider zu nähen und zerrissene Kleider wieder zu reparieren. So tauschen die beiden mit ihren Dienstleistungen alles ein, was sie an Lebensmittel und sonstigem Alltäglichen brauchen.

45

Stavros bringt es mit seinem kindlichen Gemüt auf den Punkt wenn er sagt: „Ich mache alles was ich kann und wenn ich das habe, was ich zum Leben brauche, brauche ich auch kein Geld. Geld macht nicht glücklich, miteinander tauschen schafft Nähe und Vertrauen. Das sind Glücksbringer."

Um fast alle Dörfer wurde auch freies, unbebautes Land für den Anbau von allen möglichen Gemüsearten je nach landesüblichen und klimatischen Bedingungen auf allen Kontinenten gelassen. Auch als Weideflächen für nutzbringende Herdentiere haben die Dorfbewohner in allen Regionen ebenfalls Platz gelassen. Vom Jahre null der neuen Zeit bis zur Mitte des gegenwärtigen zweiten Jahrhunderts waren darum der Ackerbau und die Tierhaltung bzw. Viehzucht die Hauptbeschäftigung der Menschen, um den Bedarf an lebensnotwendigen Nahrungsmitteln zu sichern.

Kochen war auf offenen Feuerstellen sofort wieder möglich, weil unter den Trümmern noch gut erhaltene Kessel, Töpfe und Pfannen gefunden wurden. Recht bald bauten sich die Menschen in ihren Dörfern aus Stein auch Backhäuser. Weil damit auch das Brotbacken möglich war, kultivierten landwirtschaftlich begabte Menschen aus den wildwachsenden Süßgräsern mit ihren Körnerfrüchten wieder Getreide wie Weizen, Roggen, Gerste und Hafer. Das Getreide wurde in den freiliegenden Feldern angebaut.

Zusammen mit dem gemeinsamen Bau von Wohnraum in den Dörfern war die Selbstversorgung mit dem primär Lebensnotwendigen aller Menschen rund um den Erdball gesichert. Die Begriffe Armut und Reichtum waren Fremdworte. Geld spielte somit keine Rolle und spukte nur noch als Gedanke in den Köpfen der Überlebenden als Erinnerung an die Zeit vor der erdenweiten Naturkatastrophe.

Bereits in der zweiten Generation, also etwa ab dem Jahr 50 n.Tc. ist Geld etwas Unbekanntes. Gelegentlich erzählten die `Alten´ ihrem Nachwuchs davon. Die `Jungen´ haben daran kein Interesse. Die praktizierte Selbstversorgung ist für die Menschen etwas Naturgegebenes. Auch die Versorgung der Dienstleister und `Trödler´ in den Dorfzentren ist selbstverständlich und wird nicht als Tauschhandel gesehen. Bald erkennen jedoch vor allem die Jüngeren, daß die Form der Selbstversorgung die individuellen Bedürfnisse und Talente des Einzelnen nicht beachtet. So entsteht eine Art Gruppendiktator.

Von allen Familien im Dorf erwartet das System, daß sie ihr Getreide, ihre Kartoffeln, ihr Gemüse und ihre Obstbäume auf ihrem Feld selbst anbauen und ihr Brot auch selbst backen. Das heißt, alle müssen alles selber machen. Die eigenen individuellen Wünsche und Bedürfnisse haben keine Bedeutung, die individuellen Talente können sich nicht entfalten. Nur die wenigen Dienstleister in den Zentren und die `Trödler´ können ihren Neigungen und ihren Berufungen folgen.

Das ist höchst undemokratisch, wie vor allem die Jungen in den Dörfern erkennen. Vor allem die `Schulung´ in den Talentstuben, die es inzwischen erdenweit unter verschiedenen Namen gibt, macht das Undemokratische dieses Selbstversorger-Systems bewußt.

Diese Erkenntnis, vor allem bei den jüngeren Familienangehörigen, sorgte für die jetzt überall praktizierte Arbeitsteilung. Dem Beispiel von Stravros und Lucrecia auf der Vulkaninsel Milos folgend, ist der Tauschhandel inzwischen auf dem ganzen Erdenrund die Grundlage des demokratischen Miteinanders. Aus den individuellen Berufungen, wie sie die `Schüler´ in den Talentstuben entdecken, werden fortlaufend sehr unterschiedliche, doch zweckmäßige Berufe. Mit ihren verschiedenen Arbeiten leisten sich die Berufenen selbst und dem sozialen Miteinander weit über die einzelnen Dorfgemeinschaften hinaus auf regionaler, zum Teil sogar nationaler Ebene einen beglückenden Dienst im Sinne echter Demokratie.

Um in der geldlosen, arbeitsteiligen Gesellschaft mit dem gegenseitige Tausch von Produkten und Dienstleistungen ihre persönlichen Wünsche erfüllen zu können, erwerben sich die Demokraten die notwendigen Tauschmittel, entweder durch die Produkte, die sie schaffen oder durch ihre Dienstleistungen jeglicher Art. Das führt naturgemäß zu einer gesunden Aufteilung der Leistungen und Dienste, die letztendlich allen zugute kommen.

Als Erste spezialisieren sich die Landwirte auf regionaler Ebene als Gemüse- Obst- und Getreide-Bauern Die Tauschmittel der Landwirte sind ihre verschiedenen Gemüsesorten, ihre Baum- und Feldfrüchte, insbesondere ihre Getreidesorten. Einige Bauern, vor allem im südlichen Germanien haben darüber hinaus auch noch Hopfen angebaut, der als beruhigende Heilpflanze und zum Bierbrauen genutzt werden kann. Das Gemüse, das Obst und die Feldfrüchte tauschen sie direkt mit den Familien in den Dörfern ihrer Regionen.

In fast allen Regionen haben sich in der Regel zwei Familien aus unterschiedlichen Dörfern zusammengetan und sich mit großen selbstgehauenen Mühlsteinen Getreidemühlen gebaut, die mit Wind- oder Wasserkraft betrieben werden. Die so etablierten Mühlenbesitzer verarbeiten das Getreide, das von den Bauern geliefert wird, zu Mehl .

Einen landwirtschaftlich besonderen Anbau leisten die Gewürz-Produzenten in den Regionen an den östlichen Grenzen Germaniens und in den asiatischen und amerikanischen Kontinenten. In den Regionen Westgermaniens wachsen Gewürzpflanzen wie Lippen- und Doldenblütler und Lauchgewächse.

Die Tauschmittel der Gewürzbauern sind somit unter anderem Basilikum Bohnenkraut, Salbei, Lavendel. Minze, Kümmel, Koriander, Dill, Petersilie, Liebstöckel, Kerbel, Sellerie, Porree, Schnittlauch, Knoblauch und Bärlauch.

Was die Gewürzbauern als Tauschmittel nicht liefern können, ist das `weiße Gold´, wie bereits von den Babyloniern in der Antike das Salz genannt wurde. Wie an allen Küsten der Erde haben sich auch in den Küstenregionen Germaniens an der Nord- und Ostsee mehrere Familien dazu entschlossen, dem Meer dieses `Gold´ zu entlocken. Dabei leiten sie das Meerwasser in flache Becken, in denen das Wasser unterm Sonnenlicht verdunstet. Die im Wasser dadurch gelösten Moleküle kristallisieren sich allmählich in Schichten aus. Das zum Würzen geeignete Natriumchlorid findet sich dabei in der oberen Schicht, die vor dem endgültigen Trocknen abgeschöpft wird. Damit haben die Salzschürfer, wie sie sich nennen, ein besonders wertvolles Tauschmittel.

Nach den Landwirten haben sich auch die Tierhalter in den Regionen spezialisiert. Mehrere Familien haben sich gegenseitig geholfen, Stallungen für Rinder und Schweine zu bauen, damit diese Tiere in den kalten Jahreszeiten nicht auf freiem Feld stehen oder liegen müssen. In den wohltemperierten Jahreszeiten lassen die Tierbauern ihre Rinder, Ochsen und Schweine genau so auf freiem Feld weiden, wie die Ziegen- und Schafhirten ihre Tiere.

Rinder, Ochsen und Schweine schlachten sie, um das Fleisch für den Eigenbedarf und als Tauschmittel zu nutzen. Es gibt immer ein beliebtes Fest, wenn ein Tierbauer zum Schlachtfest die Dorfbewohner seiner Region einlädt. Kühe, Ziegen und Schafe bieten ihren Besitzer neben dem Fleisch noch mehrere Tauschmittel an.

Täglich werden die Tiere gemolken. Die Milch wird als Trink- oder Kochmilch genutzt oder von den Eigentümern zu Butter und Käse verarbeitet. Nachdem die Tiere geschlachtet sind, können die Felle ebenfalls als Tauschmittel genutzt werden.

Auch die Geflügelfarmer, die sich in fast allen Regionen eine Existenz geschaffen haben, lassen ihre Hühner, Enten und Gänse auf dem freien Feld, oft in der Nähe eines Flusses oder eines Teiches, damit die Tiere neben dem freien Lauf auch genügen Möglichkeiten zum Schwimmen haben. Wo es keinen Fluß oder Teich gibt, haben die Geflügelbauern auf ihren Gehegen künstliche Teiche angelegt. Bei ungünstigen Wetterverhältnissen können die Tiere in eigens ihren Gewohnheiten und Eigenheiten angepaßte hüttenähnliche Ställe flüchten. Neben den Eiern, welche die Tiere zum Verzehr oder zur Nachzucht fast täglich legen, bieten auch sie noch mehrere Tauschmittel an. Geschlachtet sind sie beliebte Leckerbissen und ihre Federn dienen als Kisseninhalte. Mit den Tauschmitteln der Landwirte und Tierhaltern, Gewürzbauern und Salzschlürfern und den Diensten der Mühlenbesitzer gibt es in jedem Dorf von jeweils einer Familie eingerichtete Bäckereien und Metzgereien. Das Mehl tauschen die Müller in der Regel mit den Bäckereien. Die Bäcker nutzen das Mehl zum Backen oder geben es an ihre Dorfbewohner weiter. Das Fleisch bekommen die Metzger als Tauschware. Die geben es, zum Kochen und Braten vorbereitet, oder als Wurst verarbeitet, an die Dorfbewohner weiter. Eier können die Dorfbewohner auch bei den Metzgern ertauschen. Die zum Kochen erforderlichen Gewürze und das Meersalz können die Dorfbewohner in ihren dörflichen Bäckereien und Metzgereien eintauschen.

Heilpraktiker und Gesundheitspädagogen holen sich verschiedene Gewürze direkt bei den Gewürzbauern und nutzen sie als Heilkräuter in den Dorfzentren. Als Tauschmittel bieten sie ihre Dienste an. Andere Spezialisten gebrauchen die Felle der geschlachteten Tiere zur Herstellung von Leder für Schuhe oder besondere Kleidungsstücke.

In mehreren Völkergruppen in Germanien, in denen vor dem Crash der Weinanbau eine besondere Rolle spielte, sind jetzt wieder mehrere Familien damit beschäftigt, die Rebstöcke, die die Katastrophe überlebt haben, zu nutzen, um die Tradition ihrer Vorfahren wieder aufleben zu lassen. Die Weinbauern wissen, daß sie einen langen Atem brauchen und sehr viel Aufwand betreiben müssen, bis sie nach frühestens zwei Jahren in ihren Weinbergen wieder ernten können. Während dieser Zeit fehlt den Weinbauern jedes andere Tauschmittel. Darum werden sie von den Dorfbewohnern in den betreffenden Völkergruppen mit allem versorgt, was sie zum täglichen Leben an Nahrung, Behausung und Kleidung brauchen. Ähnlich wie in Germanien läuft die Wiederbelebung der Weinkultur in allen Nationen, in denen die klimatischen Bedingungen und die erforderlichen Bodenverhältnisse den Weinbau möglich machen. Nach der ersten Ernte sind die Tauschmittel der Winzer, nämlich die unterschiedlichen Weinsorten, erdenweit ganz besonders begehrte und wertvolle Tauschmittel.

In einigen südgermanischen Bergregionen nutzen viele Familien gemeinsam den Hopfen und das Malz, das sie bei den anbauenden Landwirten in ihren Regionen eintauschen, um damit Bier zu brauen. Dieses Volksgetränk ist ebenso beliebt wie der Wein. Der Aufwand zum Bierbrauen ist dabei weit geringer als der Weinanbau. Die erforderlichen Braukessel haben die Überlebenden in den ersten Stunden nach dem Crash in den Regionen gefunden, in denen vorher große Brauereien ihren Standort hatten. Jetzt erst, in der dritten Generation, erfüllen die alten Kessel wieder ihren Zweck. Die brauenden Familien erwerben sich mit ihren kleinen Brauereinen in weiten Kreisen ein beliebtes Tauschmittel.

Der Transport aller Tauschmittel erfolgt innerhalb der Regionen auf den Rücken von Eseln. Mit Pferde- und Ochsenkarren werden die Produkte auch in anderen Regionen und Länder gebracht, wo der Landweg möglich ist. In besonders großen Mengen bringen auch Schiffe die Waren in entfernte Länder und Kontinente oder auf den europäischen Kontinent.

Mit der Arbeitsteilung und dem damit verbundenen Tauschhandel ist das soziale Gefüge der demokratischen Gesellschaft um ein Vielfaches stabilisiert und die Lebensqualität der Menschen wird mehr und mehr verstärkt. So erleben erdenweit alle Menschen recht entspannt, ausgeglichen und zufrieden die neue, geldlose Gesellschaft.

Durch die Erfahrungen und Erkenntnisse in den Talentstuben, die es unter landesüblichen Namen in allen Dorfzentren gibt, wächst langsam der Wunsch, aus den Talenten, entsprechend den erkannten Berufungen, Berufe zu machen. Dabei orientieren sich die Talentsucher vorzugsweise an den Bedürfnissen der Menschen in ihren Dorfgemeinschaften. Es fällt ihnen auf, daß zwar die Probleme der Unterkunft und Verpflegung ideal gelöst sind, doch fehlt es an drei ebenso elementaren Materialien wie Nahrung und Behausen. Es fehlt an Papier und Schreibmaterial für alle möglichen Zweck, es fehlt an Stoffen für Bekleidung und Haushaltswäsche und es fehlt an Leder, um neues Schuhwerk fabrizieren zu können. Das Wenige, was die Überlebenden damals gefunden und gesammelt hatten, ist längst verbraucht.

Auf dem asiatischen Kontinent haben einige Dorfbewohner Aufzeichnungen gefunden, auf denen geschrieben ist, wie die chinesischen Urbewohner Papier herstellten. Aufgrund dieses Fundes wurde in der chinesischen Nation erdenweit zum ersten Mal wieder Papier gemacht.

In Germanien fanden drei junge Männer aus drei Familien eines Dorfes, nahe der ehemaligen Stadt Nürnberg, ebenfalls alte Aufzeichnungen, wie Papier hergestellt werden kann. So haben sich die drei Freunde entschlossen, sich ans Papiermachen zu wagen. Eine Wassermühle, die am Fluß in der Nähe ihres Dorfes erhalten geblieben ist, nutzen sie jetzt als Papiermühle. Schilf- rohr- und andere Pflanzenfasern und Fasern aus alten Stoffen verarbeiten die drei so, wie sie es in der alten Schrift lesen.

Dort erfahren sie auch, wie Schreibmaterial per Handarbeit gemacht werden kann. Auf diese Weise sind die drei die ersten in Germanien, die Papier und Schreibmaterial anbieten können. Die handwerklich geschaffenen Produkte sind sehr kostbare Tauschmittel für die jungen `Forscher´. Mit einem landesübli- chen Transportmittel gelangen die wertvollen Tauschmittel in alle Haushalte aller Dörfer. Es ist zu erwarten, daß die drei recht bald landesweit Nachahmer haben werden.

In der nordgermanischen Heide gibt es besonders viele und große Schafherden. In einem sehr kleinen Dorf in der Heide mit nur acht Familien und ohne das übliche Dorfzentrum, ha- ben zwei Geschwister auf dem Dachboden ihres Elternhauses ein seltsames Gerät gefunden. Von der Mutter wollen sie wis- sen, was das ist. Die Mutter erzählt ihrer fünfjährige Tochter und dem dreijährigen Bruder das Märchen vom Dornröschen und klärt die Kinder darüber auf, daß dieses seltsame Gerät ein Spinnrad ist, wie das auch in dem Märchen vorkommt. Natürlich wollen die neugierigen Kinder wissen, was man damit machen kann. So erfahren sie, wie sie mit diesem seltsamen Gerät aus der Schafwolle, die es in ihrer Heidelandschaft zur Genüge gibt, Fäden spinnen können. Der bereits fünfzehn Jahre alte Bruder der beiden Kleinen hört das Ganze mit. Sofort weiß er, daß er die Geschichte seinen noch etwas älteren Freunden aus dem größe- ren Nachbardorf erzählen muß. Er erzählt es in der Lernstube des dortigen Dorfzentrums. Weil alle in der Lernstube das Ge- rät kennen lernen wollen, bringt es ihnen die Mutter aus dem kleinen Dorf ins Zentrum. Die Mutter zeigt den Besuchern der

Lernstube, wie mit diesem Spinnrade Wolle zu Fäden gesponnen wird. Sofort wollen vor allem die Älteren unter den `Talentsuchern´ das Gerät selbst ausprobieren. Sie merken, daß ihnen das sehr viel Spaß macht.

Die kleine Begebenheit in der sonst sehr einsam gelegenen Heide ist der Anfang der Wiederherstellung von Wollstoffen. Geschickte Holzhandwerker haben das Spinnrad nachgebaut. Andere ebenso geschickte Handwerker haben kleine und sehr große Webrahmen konstruiert. Besonders geschickte Frauenhände haben die Wollfäden in den Webrahmen zu Stoffen gemacht. Sowohl die Spinnrad- und Webrahmenerbauer als auch die Stoffmacherinnen haben sich damit Tauschmittel geschaffen, deren Endprodukte zur Weiterverarbeitung für Kleidung und Haushaltswäsche genutzt werden können.

Auf dem asiatischen Kontinent, vor allem in China, Japan und Indien haben viele Dorfbewohner aus den feinen Fasern aus den Kokons der Seidenraupen und den Larven der Seidenspinner die Herstellung von Seidenstoffen wieder entdeckt. Ihre Vorfahren brachten schon Jahrtausende vorher auf den großen Handelsstraßen die Seide in andere Kontinente. Jetzt nutzen die Seidenhändler ihre Produkte ebenfalls erdenweit als Tauschmittel.

In vielen europäischen und asiatischen Dörfern entdecken Männer und Frauen, ähnlich wie Lucrezia auf der Vulkaninsel Milos in Griechenland, ihr Talent und ihre Lust am Nähen. Sie erwerben im Tauschhandel Woll- und Seidenstoffe. Es entstehen Schneiderwerkstätten, die nicht mehr nur alte Kleider flicken oder reparieren. Andere Nationen erdenweit hören davon. Mit ihren heimischen Produkten tauschen sie Spinnräder und Webrahmen aus, um Wollstoffe selbst zu machen. Seidenstoffe tauschen sie mit den Asiaten. So richten sie in ihren Dörfern ebenfalls Kleiderwerkstätten ein.

Nachdem sich die Menschen jetzt wieder neu einkleiden können, fällt den neugierigen Talentsuchern auf, daß das alte Schuhwerk nicht mehr zu den neuen Kleidern paßt. Natürlich haben sich, ähnlich wie die Flickschneider, auch Flickschuster in den Dörfern Werkstätten eingerichtet. Ihr Tauschmittel war, wie vorher auch die Schneider, nur der Reparaturdienst. In den Lern- und Talentstuben erfahren die wißbegierigen Besucher, daß aus Tierfellen Leder gemacht werden kann, das sich sowohl für Schuhe als auch für besonders winterfeste Kleider eignet. Die daran interessierten `Schüler´, vor allem in den Talentstuben, und die ansässigen Flickschuster beschäftigt nur eine Frage: `Wie kann aus den Tierfellen Leder gemacht werden?"

Vor allem die Flickschuster im südwestlichen Germanien sind sehr daran interessiert, nicht nur alte Schuhe zu reparieren. Sie wissen, daß in der waldreichen Gegend, in der heute ihre Dörfer sind, früher kleine Fabriken Schuhe herstellten. In alten Aufzeichnungen finden sie die Notiz: „Das Gerben ist eine der ältesten kulturellen Errungenschaften der Menschheit." Weiter lesen sie: „Als Gerben wird die Verarbeitung von rohen Tierhäuten zu Leder bezeichnet. In einer Gerberei wird durch den Einsatz von Gerbstoffen das Hautgefüge stabilisiert und damit Leder hergestellt". Damit ist für die Schuhmacher in der Gegend die Frage beantwortet, wie aus Tierfellen Leder gemacht wird.

Vier Schuhmacher, die nebenbei mit landwirtschaftlicher Arbeit vertraut sind, wissen, daß Gerbstoffe häufig in Blättern, Hölzern, Rinden und Wurzeln von Kastanien, Eichen und Fichten enthalten sind. Auch pflanzliche Abbauprodukte, wie der Torf, enthalten Gerbstoffe. Weil ihre Dörfer von sehr viel Wald und großen Torfweiden umgeben sind, ist es für sie naheliegend, eine Gerberei zu gründen. Es ist die erste Gerberei in Germanien nach dem Crash. Die Söhne und Töchter der vier Familien im Alter von 16 Jahren und mehr, ziehen mit Ochsen- und Eselkarren durch die naheliegenden Regionen, um bei den Bauern und Viehzüchtern Tierhäute und Felle zu sammeln, die in ihrer kleinen `Fabrik´ zu Leder gegerbt werden sollen. Dabei vereinbaren die `Sammler`, den Bauern und Viehzüchtern jede dritte Tierhaut oder jedes dritte Fell als Lederstück zurückzubringen. Einen Teil der Lederstücke nutzen die Bauern, um sich von den Schuhmachern in ihrer Region neue Schuhe machen zu lassen. Einen weiteren Teil der Lederstücke behalten die Schumacher als Tauschmittel für ihre Arbeit.

Mit neuen Kleidern und neuen Schuhen hat sich die Lebensqualität der Menschen um ein Stück mehr stabilisiert. In allen Dörfern wächst damit auch die Lust, öfter als bisher gemeinsam zu feiern. Anlässe dazu bieten Geburtstage, Familientreffen und Jubiläen jeder Art. Dabei legen vor allem die weiblichen Festgäste vermehrt Wert auf ihr äußeres Erscheinungsbild. Es genügt ihnen nicht mehr, ihre Frisuren immer selbst zu kreieren und sich mit den wenigen Mitteln, die sie haben, kosmetisch zu pflegen. In der `Mangelsituation´ sehen einige Haarkünstlerinnen und Haarkünstler eine Chance, ihr Talent zu nutzen, um sich Tauschmittel zu verschaffen. In einigen Dörfern bieten weiblich oder männliche Friseure ihren Dienst im eignen Salon an, in anderen Dörfern machen sie auf Wunsch Hausbesuche. Ihre Angebote gehen über das Haareschneiden und Frisuren legen hinaus. Sie stellen mit einigen Gewürzkräutern, die sie bei den Gewürzbauern eintauschen und mit Ölen, die sie vor allem aus Rosenblüten pressen, Kosmetik-Produkte her. Damit bieten sie ihren Kunden eine professionelle Kosmetikpflege. Auch Hand- und Fußnagel-Pflege bieten sie als ihre Tauschmittel an.

Mehrere, vor allem jüngere Bewohner der Dörfer bemühen sich vermehrt auch um kulturelle Werte. In den Talentstuben und bei kleinen dörflichen Festlichkeiten erleben immer mehr ihre künstlerischen Talente. Viele Männer und Frauen jeden Alters erfreuen sich am Singen. Fast in allen Dörfern finden sich

Sänger aller Stimmlagen in Chören zusammen. Dabei entwickeln sich einige Chorsänger zu Solisten. Diese werden dann gerne von benachbarten Chören eingeladen, wenn sie für ihre Konzerte Solostimmen haben wollen.

In einigen Regionen finden sich auch Menschen zusammen, die gerne Theater spielen. Es sind Laien, die sich mehr und mehr zu Amateuren `mausern´. Auch hier treten Sonderbegabungen in Erscheinung, die - ebenso wie die Gesangsolisten - ihre Talente zum Beruf machen wollen. Im Norden Germaniens haben darum einige Sonderbegabte eine `Künstlerschule´ eröffnet, um aus den Laien durch praktische und theoretische Unterweisungen Profis zu machen. Die Künstlerschule ist bei ihren Bemühungen, Material für Konzerte, Opern Operetten aber auch für klassische und moderne Theateraufführungen zu finden, auf nationaler und internationaler Ebene fündig geworden.

Auch Hobbymaler und Hobbybildhauer verspüren die Lust, ihre Talente zu Berufen zu machen. Das veranlaßt die `Lehrer´ an der nordischen Künstlerschule, ihre Arbeit weiter auszubauen und sie bieten auch diesen Künstlern eine professionelle Schulung an.

So kommt es zu einem `Tauschgeschäft´ besonderer Art. Die Gesangssolisten und die Schauspieler erhalten von den einladenden `Veranstaltern´, bei denen sie auftreten, als `Gage´ das was sie sich wünschen. Es sind in der Regel Lebensmittel, Haushaltsartikel, Kleidung, Schuhe und was sonst noch. Die Veranstalter sind im kleineren Rahmen häufig die Dienstleister in Dorfzentren. Bei größeren Events schließen sich mehrere Dorfzentren in einer Region zusammen. In diesem Fall erhalten die Künstler ihre Gagen von den Besuchern der jeweiligen Veranstaltung. Einen Teil ihrer `Gage´ geben die Künstler an die nordgermanischen Künstlerschule ab, wenn sie dort ihre `Ausbildung absolvierten.

Die bildenden Künstler tauschen ihre Werke mit den Familien und Einzelpersonen aus, die ihre Werke haben wollen, um ihre Behausungen damit zu schmücken.

Gero und Christiane mit den Söhnen Albert und Rainer im südgermanischen Alpenhort haben ihr Wohnhaus mit Bildern eines heimischen Malers geschmückt und in ihren Garten eine Skulptur stellen lassen, die die demokratische Gesellschaft symbolisieren soll. Rainer, der jüngere der beiden Söhne, will wissen, wie der Tauschhandel tatsächlich funktioniert. Die Eltern klären ihre Kinder auf und bieten ihnen ein paar einleuchtende Beispiele: „Ihr habt mitbekommen, wie René aus dem Nachbardorf die Skulptur aufgebaut hat. Der Künstler, mit dem wir befreundet sind, war ein Jahr in Nordgermanien in der Künstlerschule. In der Zeit hat er das Werk geschaffen, das jetzt in unserem Garten steht. Wie ihr wißt, waren während dieser Zeit Claudia, seine Frau und die Kinder unsere Tagesgäste. Sie haben bei uns gegessen, wir haben den Kindern neue Kleider machen lassen und Claudia, die Mutter der Kinder, hat sich von eurer Mutter jede Woche einmal die Frisur neu legen lassen. Das war ein perfektes Tauschgeschäft".

Albert, der Ältere will jetzt wissen: „Was kann ich den als Tauschmittel anbieten, wenn ich ein paar neue Schuhe haben will?" „Wie ich gesehen habe, bist du ein leidenschaftlicher Holzschnitzer und du nutzt deine Kunst, sehr hübsches Holzgeschirr zu schnitzen. Deine Holzteller und Holzschalen kannst du bestimmt als Tauschmittel anbieten." Albert erwidert: „Die muß ich doch erst machen und das dauert schon seine Zeit. Meine Schuhe will ich aber jetzt schon haben." Darauf erklärt ihm Christiane, seine Mutter: „Da gibt es eine sehr gute und einfache Lösung. Du bekommst jetzt sofort deine neuen Schuhe, dafür gibst du dem Schuhmacher einen Gutschein für so viel Geschirr, wie der Schuhmacher haben will. Dieser Gutschein ist nur zwischen dir und dem Schuster persönlich gültig."

Beide Brüder verstehen das nicht richtig: „Wenn der Schuhmacher sich von mehreren Leuten solche Gutscheine geben läßt, kann er die sammeln, kann sie weiter geben und verschafft sich so ein kleines Kapital, mit dem er dann ein 'reicher Mann' wird". „So soll es in der Gesellschaft vor circa zweihundert Jahren gewesen sein. Aus den persönlichen Gutscheinen wurde so das Geld, mit dem ein paar wenige Menschen immer reicher wurden und die anderen diktieren konnten. Damit wurde die Demokratie ganz langsam kaputt gemacht", berichtet Gero, der Vater. Mutter Christiane setzt den Bericht fort: „Damit das nicht mehr passieren kann, gibt es jetzt kein Geld mehr und der Gutschein, von dem Vater spricht, ist nur zwischen den beiden Tauschern gültig und kann nicht weitergegeben werden. Außerdem kann der Schuhmacher nur bei dir den Schein eintauschen, wenn du deine Holzarbeit fertig hast. So tauschen zum Beispiel auch die 'Trödler' mit ihren Dienstleistungen das ein, was sie zum Leben brauchen. Sie geben zum Beispiel einen Gutschein an den Metzger. Der kann den Gutschein nur an den Trödler zurückgeben, wenn er seine Dienste braucht, weil er mit dessen Eselskarren ins Nachbardorf befördert werden will. Er kann den Schein nicht an einen anderen Trödler geben, um von diesem transportiert zu werden." Das haben die beiden Buben jetzt verstanden. „Das heißt, auch im Tauschgeschäft braucht es die Eigenverantwortung jedes Einzelne, damit das überhaupt funktionieren kann. Wenn ich das richtig verstehe, fordert diese Regelung ein großes wechselseitiges Vertrauen". „Ja, ihr Lieben" beenden die beiden Eltern das kurze Aufklärungsgespräch, „ohne absolutes Vertrauen läuft in der jetzigen demokratischen Gesellschaft gar nichts."

Die ersten einhundertzweiundzwanzig Jahre nach dem Crash nutzten die Menschen überall auf der Erde, um eine neue demokratische Gesellschaft werden zu lassen. Sie sollte nicht nur die primären Lebensbedürfnisse wie Nahrung und Behausung befriedigen, sondern auch den kulturellen Neigungen und Vorlieben Raum geben. In der geldlosen Gesellschaft, die ausschließlich auf dem Tauschhandel basiert, sind Machtmißbrauch und Kapitalstreben weder möglich noch gewünscht. Daß alle Entscheidungen ausschließlich in den Dorfgemeinschaften getroffen werden, garantiert auch unter den gehobenen Lebensansprüchen den demokratischen Charakter der Gesellschaft. Die konsequente Schulung der Eigenverantwortung jedes Einzelnen, die bereits im Kleinkindalter im Elternhaus beginnt, unterstützt diese Garantie.

7. Religiöse Haltung und demokratisches Verhalten

In allen Dorfgemeinden erdenweit gilt als zentraler Treffpunkt das Dorfzentrum. Je nach Größe des Dorfes sind auch die Zentren entsprechend groß. Die Dorfbewohner haben beim Bau ihres Zentrums darauf geachtet, daß der zentrale Saal so viel Platz bietet, damit nicht nur alle Bewohner des Dorfes, sondern auch der zu erwartenden Nachwuchs Platz findet. In diesem großen Raum finden in erster Linie die demokratischen Parlamentstreffen statt. Außerdem bietet der Raum Platz für alle möglichen großen Festveranstaltungen.

In keinem Dorf auf dem gesamten Erdenrund ist eine jüdische Synagoge, eine christliche Kirche oder eine moslemische Moschee zu finden. Obwohl in fast allen Dörfern Angehörige der drei monotheistischen Religionsrichtungen nebeneinander wohnen und leben. Bis in die jetzt dritte Generation der neuen Gesellschaft haben sich die Berichte über erbitterte Kämpfe der drei Religionsrichtungen seit vielen hunderte Jahren vor dem Crash hartnäckig gehalten.

Begonnen haben die kriegerischen Kämpfe mit dem Aufkommen des Christentums, das von den Juden verfolgt wurde. Als siebenhundert Jahre später ein arabischer Prophet mit seinen Botschaften den Islam verkündete, wurden die Anhänger dieser Richtung von den Christen verfolgt. Gleichzeitig zogen Christen in Kreuzzügen gegen das Judentum vor. Die Moslems, so nennen sich die Anhänger des Islam, bekämpften die Juden und die Christen.

Später wurden weit über sechs Millionen europäische Juden in einem grausigen Holocaust von einem zwölf Jahre dauernden ´Dritten Reich´ ermordet. Etwa einhundert Jahre vor dem

Crash terrorisierten politisierte moslemische Salafisten vor allem westliche Länder der Erde. Die viele hundert Jahre andauernden kriegerischen Auseinandersetzungen waren, neben ebenso grausamen Diktaturen, die gravierendsten Zeichen der damaligen extrem undemokratischen Gesellschaft auf dem ganzen Erdenrund.

So war der Crash, der alle Menschen getroffen und sie zu einem radikalen Neubeginn gezwungen hat, jetzt gesehen ein kosmisches Geschenk an die überlebende Menschheit. Die Erstüberlebenden waren mit dem Aufräumen voll und ganz beschäftigt. Es war für alle vollkommen bedeutungslos, wer welcher religiösen Richtung zugehörte. Diese Bedeutungslosigkeit hat sich bis in die Gegenwart erhalten.

Es gibt die verschiedenen religiösen Richtungen inzwischen wieder, doch die alles beherrschende, fast buddhistische totale Toleranz läßt eine Trennung oder gar eine kriegerische Auseinandersetzung der Religionen nicht mehr zu. Sowohl die Anhänger der drei monotheistischen Richtungen, wie die des Hinduismus, des Zoroastrismus oder der verschiedenen Naturreligionen leben miteinander und bereichern sich gegenseitig. Es ist wie ein großer bunter Blumenstrauß unterschiedlicher religiöser Denkweisen, die sich gegenseitig befruchten und ergänzen.

Mit der Gemeinsamkeit ist es zu einer radikalen Veränderung im mitmenschlichen und religiösen Leben aller Menschen gekommen. Die in der dritten Generation der neuen Gesellschaft lebenden Menschen profitieren davon und kennen etwas anderes nur noch von Erzählungen.

„Leben ohne Religion, das geht nicht!", behauptet der moslemische Ruandus aus Afrika, einer der 25 jungen Männer und Frauen, die sich jedes zweite Jahr treffen. Erschrocken reagiert Helmfried, ein Jude aus Germanien: „Das ist eine Provokation gegenüber der Demokratie und jedem einzelnen Demokraten.

Wie passen Eigenverantwortung und Religion zusammen? Muß der religiöse Mensch nicht einfach nur einer höheren Macht gegenüber gehorsam sein?" Der christliche Joan, der aus seiner spanischen Heimat kommt, beruhigt seinen jüdischen Freund Helmfried: „Ihr Juden nennt diese Macht Jahwe, wir Christen nennen sie Gott, von den Moslems wird sie Allah genannt und Menschen, die einer Naturreligion folgen, haben viele Namen für diese Macht. Sie fordert keinen Gehorsam, sie bietet sich an, ihr zu vertrauen". Sahir der Hindu aus dem indischen Nagporan ergänzt: „Die Eigenverantwortung und das Vertrauen sind für Demokraten unverzichtbar". Alexis der Philosoph aus Griechenland bemerkt dazu: „Religion bietet dem Demokraten die Freiheit des Denkens. Das Wort beinhaltet bekanntlich die Fragen, woher komme ich, wer bin ich und wohin gehe ich. Diese Fragen beantwortet jeder Demokrat in Eigenverantwortung und im Vertrauen auf die höhere Macht individuell für sich selbst." Pioxen ein Buddhist aus dem asiatischen Hongcha bestätigt den Griechen und fügt dem hinzu: „Ohne die absolute Toleranz aller Demokraten, wie Buddha sie fordert, ist eine solche individuelle Entscheidung eines Einzelnen nicht denkbar."

Tatsächlich haben sich in den letzten hundert Jahren die drei monotheistischen Richtungen zusammen gefunden. Die führenden Persönlichkeiten der drei Richtungen mussten erkennen, dass eine hierarchische Struktur, wie es mehrere tausend Jahre in ihren Institutionen üblich war, in einer konsequenten und totalen Demokratie nicht haltbar ist.

Im Judentum haben sich die orthodoxen und die progressiven Strömungen zusammengefunden. Das Christentum hat die Trennung zwischen katholisch und evangelisch aufgehoben und das diktatorische Bischofs- und Papsttum beendet. Der Islam als jüngster Bruder der monotheistischen Geschwister, löste die kriegerischen Glaubensrichtungen der Sunniten und der Schiiten auf.

Nach dem Prinzip der erdenweit gültigen Basisdemokratie haben sich auch die religiösen Autoritäten demokratisiert.

Im Judentum sind die Rabbis, die von einer jüdischen Gemeinde `gerufen´ werden, die höchsten religiösen Autoritäten; im Christentum sind es die Priester, die von drei älteren Priester geweiht werden und im Islam werden die Imame jeweils von ihrer `Schule´ gesandt. Im Hinduismus sind es die Brahmanen, bei den Naturreligionen die Schamanen und im Zoroastrismus der Mobed, der persische Priester, der von einem Älteren geschult und geweiht wird. Sie arbeiten auf regionalen Ebenen.

Das heißt, sie begleiten in der Regel die Bewohner von ca. 10 Dörfern in religiösen und humanen Angelegenheiten. Für religiöse Veranstaltungen, wie Gebetsstunden oder Gottesdienste, nutzen sie die Räume in den jeweiligen Dorfzentren. Dort haben sie gemeinsame Sprechzimmer, die sie wechselweis für ihre Sprechstunden nutzen.

In den Lern-und Talentstuben bieten die religiösen Autoritäten auf Wunsch auch Religionslehre an. Auch für überregionale Treffen zum Gedanken- und Erfahrungsaustausch nutzen sie abwechselnd ein Dorfzentrum. Diese Regelung machen Kirchenbauten und eigene Amtsräume überflüssig. In unregelmäßigen Abständen laden mehrere religiöse Würdenträger aller Richtungen gemeinsam zu religiösen Tagen auf Völkergruppen - oder Länderebene ein.

Einige erhalten gebliebene große Kirchenbauten, wie zum Beispiel der römische Petersdom oder die türkische Hagia Sophia werden als Kulturdenkmäler aus vorausgegangenen Zeiten erhalten und gepflegt.

Constantin, einer der Gastgeber beim dritten Treffen der 25 Freunde, dieses Mal im germanischen Alpenhort, bestätigt, was Ruandus behauptet: Leben ohne Religion das gehe nicht, bestätigt das Wort Religion von selbst. Das machen die Rabbis, die

Priester, die Imame, alle Brahmanen und Schamanen deutlich. Religiös sein, ist die Auseinandersetzung mit den Fragen, woher komme ich, wer bin ich und wohin gehe ich? Bereits in den Lernstuben, mehr noch in den Talentstuben wird den Interessierten das Wort in seine Silben zerlegt.

`Re´ ist die Kürzung von Reflexion also Rückschau auf Vergangenes oder auch, „woher komme ich?".

`Ligi´ eine leichte Veränderung von `legi´, ist die Abkürzung von legitim, das unter anderem Echtheit oder „ich bin, wie ich bin", bedeutet.

`Ion´, ein Atom das Bewegung hin auf das Kommende schafft; auf die Zukunft oder „wohin bewege ich mich, wohin gehe ich, was will ich künftig?"

Eine weitere gewaltige Veränderung gegenüber der Zeit vor dem Crash sind die Feiertage mit interreligiösem Charakter. Sowohl den christlichen Jahreswechsel an Silvester als auch den moslemischen Jahreswechsel, der auf dem islamischen Kalender nach Mondjahren gerechnet wurde, gibt es nicht mehr.

Die Juden, die Christen und die Moslems begehen den Jahreswechsel auf der nördlichen Erdhalbkugel am ersten Sonntag nach dem ersten Wintervollmond, demnach auf der südlichen Halbkugel nach dem ersten Sommervollmond. Vier Woche vor dem Jahreswechsel ist Ramadan-Fastenzeit. Alle religiös orientierten Menschen essen während dieser Zeit fleischlos und täglich erst nach Sonnenuntergang. Umso aufwendiger sind dann Speis und Trank beim Jahreswechsel, der mit religiösen Meditationen, mit ausgelassenem Tanz und fröhlichem Gesang gefeiert wird. Ein halbes Jahr später geht es bei den Familientagen noch einmal zwei Tage lang hoch her. Die Familien treffen sich an den beiden Tagen bei zwei verschiedenen Gastgeber-Familien. Meditationen, Essen, Trinken, Singen und Tanzen werden dann noch durch den Austausch kleiner Geschenke ergänzt.

Außer diesen beiden Festzeiten gibt es keine weiteren religiös getrennten Festtage der verschiedenen religiösen Richtungen. Nationale Feiertage ohne religiösen Hintergrund feiern die Nation traditionell auf ihre Weise.

Die Hauptaufgabe sehen die religiösen Autoritäten der drei Glaubensrichtungen in der Vermittlung der Botschaften, wie sie im Tanach, in der Bibel und im Koran niedergeschrieben sind. Das Judentum versteht die Botschaft als Erwerb und Erhalt von Besitz und die damit verbundenen Verantwortung als Auftrag. Das Christentum sieht, wie das Wort sagt, die Kraft der Erlösung und damit die Freiheit jedes einzelnen Menschen. Der islamische Koran beinhaltet den Handlungsauftrag an den Menschen. So kann die Dreiheit als Einheit gesehen werden. Es geht um Grundpfeile der Demokratie, es geht um Verantwortung, um Freiheit und Handlungsfähigkeit des Menschen.

Um diese Grundpfeile vermitteln zu können, brauchen die Religionslehrer der drei Richtungen als aktives Hilfsmittel eine Vielzahl von Exemplaren der entsprechenden Bücher. Die gibt es nicht und müssten neu gedruckt werden. Eine handschriftliche Vervielfältigung, wie das vor vielen hundert Jahren, noch vor der Erfindung Gutenbergs, üblich war, ist aus Zeitgründen nicht sinnvoll. Bis zu den verständlichen Wünschen der Rabbis, der Priester und der Imame wurde Gedrucktes auch nicht vermißt.

Neue Entdeckungen und der allgemeine Erfahrungsaustausch wurden und werden mündlich oder handschriftlich verbreitet. Auch Zeitungen, wie sie einmal selbstverständlich waren, werden nicht gebraucht. In diesem Zusammenhang wird es vor allem den Geistlichen klar, wie sehr die Technik den Menschen abhängig machen kann. Vor dem Crash wurden unter anderem auch alle Druckereien auf elektronischem Weg `bedient´. Die Experten mussten nur noch im rechten Moment auf den richtigen Knopf drücken, schon lief ein computergesteuertes Programm bis zum fertigen Buch oder bis zur fertigen Zeitung. Bekanntlich hat der Crash die gesamte Elektronik und die damit zusammenhängende Technik vernichtet. Bisher haben die Menschen mit ihrer basisdemokratischen Haltung und Lebenseinstellung gut ohne diese Technik gelebt, die, wie sich jetzt zeigt, den Menschen abhängig machte.

Ein Rabbi, der in einer mittelgermanischen Gemeinde lebt und ein christlicher Priester aus dem nördlichen Germanien haben gemeinsam mit ihren Gemeindemitgliedern nach intensiven Recherchen erkannt, daß im gesamten europäischen Kontinent keine mechanische Druckmaschine zu finden ist. Junge, neugierige Forscher, die zwischen 50 und 80 n. Tc. erdenweit unterwegs waren, konnten dem Rabbi und dem Priester berichten, daß sie auf ihren Reisen in Argentinien und in der Türkei je eine traditionelle mechanische Druckerei ohne Elektronik gesehen haben. Weil es für sie nicht interessant war, haben sie sich nicht weiter darum gekümmert.

Angeregt durch die Berichte der Forscher und mit Unterstützung des Rabbis und des Priesters machen sich zwei Tage nach dem diesjährigen Familientag zehn interessierte junge Handwerker aus Germanien auf den Weg in die Türkei. Ihre erste Druckerei sehen die zehn Germanen in einem kleinen Dorf in der Türkei. Der Besitzer dieser schon sehr alten Druckmaschine zeigt den jungen Leuten auch handgesetzte Druckplatten, aus Metall gegossen, so wie sie Gutenberg vor sehr langer Zeit bnutzte. Ihre besondere Aufmerksamkeit richten die zehn auf die Mechanik der Maschine. Weil sie sich schon seit frühester Jugend mit allem beschäftigten, was 'mechanisch' ist, ist es für sie bald klar, wie so eine Maschine funktioniert und wie sie gebaut werden kann.

Nach drei Wochen ziehen sie weiter, um auch die Druckerei in Südamerika zu bewundern. Auf dem Landweg durch Russland und über Kanada kommen sie nach Argentinien. Durch eine Verschiebung der Erdplatten sind sich Kanada und Russland sehr nahe gekommen. Eine kurze Seereise von etwa einer Stunde mit einem kleine Segelschiff auf dem Pazifischen Meer macht den zehn Handwerksburschen die Verbindung leicht. Kurz nach dem ersten Sommervollmond auf der südlichen Halbkugel stehen die angehenden Drucker wieder vor einer Druckmaschine. Sie entdecken auf der Maschine den Hinweis ›Made in Germany‹. Daß die Maschine von einer Firma in Heidelberg erstellt wurde, erfahren die Weitgereisten von den beiden Besitzerbrüdern, deren Vorfahren nach eigenen Angaben ebenfalls aus Deutschland kamen.

„Beim Crash wurde unsere Fabrik fast vollkommen zerstört. Unser Großvater konnte nur noch diese alte Maschine retten", erzählt der ältere der beiden Brüder. „Und er hat Aufzeichnungen von alten Druckpressen und Druckmaschinen unter den Trümmern gefunden", ergänzt der jüngere und berichtet weiter, daß der Großvater und der Vater nach dem Zusammenbruch mit Hilfe aufgezeichneter Pläne und mit den erhaltenen Teilen der alten Maschinen diese Maschine gebaut haben. Mit einer manuell betriebenen Handpresse haben damals Vater und Sohn ihre Druckerei wieder in Gang gesetzt. Seit zwei Jahren, so berichten beide Brüder weiter, haben sie die alte Druckmaschine repariert und sie an ihre Dampfmaschine angeschlossen, weil es keine andere Energiequelle gibt, um die Druckwellen der Maschine zum Laufen zu bringen. Wie sie sagen, ist das Handkurbeln sehr beschwerlich und geht nur langsam voran.

„In einem Dorf nahe dem ehemaligen Heidelberg lebt eine verwandte Familie, die auch wieder mit einer Druckerei starten will. Wenn ihr wieder in Germanien seid, wie ihr Deutschland jetzt nennt, könnt ihr diese Familie besuchen", schlägt Heiner, der jüngere Druckereibesitzer vor. Der ältere fügt hinzu, daß es vielleicht zu einer Zusammenarbeit kommen kann, um auch in Germanien Druckereien wieder in Betrieb zu nehmen.

sNach zwei Wochen Aufenthalt in dem argentinischen Dorf wollen die zehn künftigen Drucker so schnell wie möglich zurück in ihre germanischen Dörfer. Mit dem gleichen größeren Segelschiff, mit dem zwei Jahre vorher Aida und Rodolfo zum ersten Mal über Italien nach Jechjahau kamen, sind die zehn nach einer vierwöchigen Reise über den Ozean wieder auf europäischem Boden. Nach weiteren zwei Wochen sind sie jetzt, kurz vor der Wintersonnwende, zu Hause.

Die Gemeinde des Rabbis, der gemeinsam mit dem christlichen Priester die religiösen Texte in Buchform weiter geben will, ist in der Region, in der die verwandte Familie der argentinischen Druckereibesitzer lebt. So hört er von den Heimkehrern, die in der Region zu Hause sind, deren Bericht über die Begegnungen mit dem türkischen und den argentinischen Druckereibesitzern. Er erfährt auch, dass die drei gemeinsam mit den anderen sieben, die in verschiedenen Regionen Germaniens leben, Druckereien aufbauen wollen. Auch der christliche Priester, dessen Gemeinde in einer Region nahe des Erzgebirges lebt, hört von den vier Heimkehrern, die in seiner Gemeinde zu Hause sind, von dem Vorhaben der zehn Handwerksburschen, in Germanien Druckereien einzurichten.

Zwei Monde nach ihrer Rückkehr von den Kontinenten kommen die sechs Freunde aus den mittelgermanischen und südgermanischen Regionen zu ihren vier Freunden, die in dem Dorf am Fuße des Erzgebirges leben. Vor der Reise haben die vier in ihrem Gebirge nach Erz gegraben und durch ein bestimmtes Brennverfahren aus Erz Eisen und Stahl gegossen. Das flüssige Material kann in verschiedene Formen gegossen werden. So haben die Holzhandwerker und die Metall-Fachleute nach den Modellen, die sie aus der Türkei und Argentinien mitgebracht haben, die erste Druckmaschine zusammengebaut.

Zwei Handwerker haben sich darauf spezialisiert, aus dem Metall einzelne Buchstaben zu modellieren. Die Buchstaben haben sie zu Druckplatten zusammengesetzt und so wie Johannes Gutenberg Bücher gedruckt. Auf diese Weise haben die zehn Erdenbummler den geistlichen Autoritäten geholfen, die Vermittlung der Botschaften, wie sie niedergeschrieben sind, zu erleichtern. Mit den Büchern ist es allen möglich, die Texte individuell so zu lesen und zu verstehen, wie sie es können und wollen.

8. 1: Was war?

Zwanzig junge Männer und Frauen waren 122 n. Tc. zufällig in Jechjahau, einem der sieben Dörfer, die aus dem ehemaligen Jerusalem entstanden sind. Gero und Ricardo, zwei einheimische Juden trafen in den Straßen ihres Dorfes nacheinander sieben Touristen aus verschiedenen Ländern Europas. Ihre palästinensischen Freunde Arif und Kalil brachten weitere Touristen, die sich vorher nicht kannten, zusammen. Eine spontane, nicht abgesprochene Einladung der vier Freunde war das erste Treffen einer internationalen Gruppe. Mit Helmfried, einem jüdischen Germanen, der schon einige Zeit in Jechjahau lebte, und den vier gastgebenden Freunden hatten sich fünfundzwanzig jungen Menschen gefunden, die von ihren Dörfern und den unterschiedlichen Besonderheiten ihrer Heimat erzählten. Sowohl viele Gemeinsamkeiten als auch faszinierend Unterschiedliches führte dazu, daß sich die fünfundzwanzig jedes zweite Jahr in einem anderen Land trafen.

Die neue Gesellschaft feierte vor drei Monden ihren 128. Geburtstag und zum vierten Mal trifft sich das ' Colegio internationale ', wie die fünfundzwanzig Männer und Frauen ihre Gemeinschaft inzwischen nennen. Gastgeber sind dieses Mal Ruandus aus Zentralafrika, Amadio aus Südafrika und Adia.
In Agarun, Adias Dorf im Süden Äthiopiens, feiern die fünfundzwanzig nachträglich den Geburtstag der neuen basisdemokratischen Gesellschaft.

Gero, Ricardo, Arif und Kalil, die vier aus Jechjahau, sind die ersten Gäste in Agarun. Bei einem gemeinsamen Bummel durch Adias Heimatdorf mit Ruandus und Amadio, die als Mitgastgeber schon Tage vorher ankamen, machen sie eine interessante Beobachtung. Einige Dorfbewohner legen auf dem Platz vor dem Zentrum auf mehr oder weniger großen Tischen alle möglichen Gebrauchsgegenstände aus. Daneben stellen sie Stühle.

Auf einem besonders großen Tisch breiten mehrere Männer und Frauen Obst, Gemüse und sonstige Feldfrüchte aus. Daneben stellen sie keine Sitzgelegenheit.

Auf Anfrage erklärt Adia ihren Gäste: „Wir haben uns bei einem Dorfparlament vor zwei Jahren entschlossen, die ersten drei Tage der Woche als aktive Arbeitstage zu nutzen. Die letzten drei Tage, also Freitag, Samstag und Sonntag, verbringen wir gemeinsam mit den religiösen Autoritäten in unserem Dorf als Ruhetage. An diesen Tagen versorgen die Bauern nur ihre Tiere, alle anderen Arbeiten, auch die der Handwerker und Trödler ruhen. Der Donnerstag ist unser Tauschtag. Heute ist Mittwoch, ihr habt die Vorbereitungen für den morgigen Tag beobachtet. Alle, die etwas tauschen wollen, treffen sich auf dem Dorfplatz und legen ihre Tauschmittel aus. Wer etwas braucht, sucht sich das auf den Tischen aus und bietet dem, der neben dem Tisch sitzt, sein Tauschmittel an. Es geht an diesem Tag zu, wie auf einer Tauschbörse. Darum nennen wir das Ganze auch so".

Kalil will wissen, ob das in der gesamten Region so ist. „Nein, das ist nur in unserem Dorf so", antwortet Adia und erklärt: „Weil bei uns Juden, Christen und Moslems in fast gleicher Anzahl leben. Die Angehörigen der drei Richtungen wollen ihre religiösen Tage gemeinsamen feiern." „Das ist eine besonders noble Form der Demokratie" freut sich Gero über diese Erklärung. Ricardo will wissen, was es mit dem großen Tisch auf sich hat, auf dem sehr viele Gemüsesorten, viel Obst und viele andere Feldfrüchte liegen, neben dem Tisch jedoch keine Sitzgelegenheit steht, wie bei den anderen Tischen. „Das ist der so genannte Freitisch. Die Gemüse- und Obstbauern legen die Früchte aus, die sie nicht zum Tauschhandel brauchen, damit sich jeder nehmen kann, was er will ohne tauschen zu müssen. So sorgen diese Landwirte dafür, daß nichts verderben kann. Sie achten auch darauf, daß zuerst die eigenen Dorfbewohner und dann erst die Gäste von außerhalb zugreifen", klärt Adia Ricardo und ihre anderen Gäste auf. Arif reagiert ziemlich empört auf diese Erklärung: „Das hat allerdings mit Demokratie nichts mehr zu tun. Das ist wohl mehr eine Zweiklassengesellschaft. Wie passen die besonders noble demokratische Haltung an den drei religiösen Tagen und die Regelung an eurem Tag der Tauschbörse zusammen? Das heißt, wir Fremde dürfen uns von diesem offenen Warenkorb erst an zweiter Stelle etwas nehmen".

Adia, Ruandus und Amadio, die afrikanischen Gastgeber, reagieren erschrocken auf die Empörung des Palästinensers. „Ist es nicht natürlich, daß sich die Menschen, die im gleichen Dorf leben, näher stehen, als alle, wenn auch sehr willkommenen, Gäste?", fragt Ruandus in die Runde. Amadio bestätigt: „Wir waren schon oft Gast bei Adia und kennen die besondere Regelung hier. Auch wir sind hier im Dorf Fremde, haben jedoch bisher nie bemerkt, daß wir tatsächlich erst an zweiter Stelle kommen."

Kalil gibt sehr nachdenklich zu bedenken: „Wenn wir nicht auf solche, wenn auch bedeutungslose Kleinigkeiten achten, kann das für eine demokratische Haltung in Folge gefährlich werden. Also müssen wir bereits die Anfänge solcher antidemokratischen Denkweisen beachten und sie abwehren. Es ist bestimmt ein gutes Thema für unser diesmaliges Treffen. Ich schlage vor, wir bringen das morgen, wenn alle da sind, zur Sprache."

Am Abend des gleichen Tages sind Sofua und Noah aus Kanada, sowie Oliver und Daniel aus Nordamerika mit Alexis aus Griechenland angekommen. Die beiden Kanadier und die beiden Amerikaner waren einige Monate vorher auf der Suche nach Merkmalen der Demokratie im antiken Griechenland, dem Mutterland der Demokratie. Alexis, der griechische Philosoph hat sie auf ihrer Suche begleitet. Paolo aus Italien, Joan aus Spanien mit Enzo aus Frankreich und Jasper aus den Niederlanden sind am nächsten frühen Nachmittag in Agarun gelandet. Sie hatten den längsten Fußweg. Nur selten konnten sie mit einem Fuhrwerk mitfahren oder auf einem kleinen Segelboot eine kurze Wasserstrecke überwinden. Dem gegenüber konnten Aida und Rodolfo aus Cincita in Südamerika mit dem gleichen Schiff, mit dem sie beim ersten Mal vor sechs Jahren nach Jechjahau angereist waren, auf den afrikanischen Kontinent direkt nach Äthiopien kommen. Sie sind fast zur gleichen Zeit mit den Europäern in Adias Dorf angekommen.

Vor zwei Jahren, als sich das ʾColegio internationaleʿ, in Germanien trafen, verabredeten sich der Chinese Pioxen und der Hindu Sahir mit Igor in Russland, um zu Robert und Constantin, den damaligen Gastgebern, zu kommen. Um gemeinsam nach Agarun in Äthiopien zu reisen, trafen sich in diesem Jahr der Russe und der Chinese bei Sahir in Indien. Vor drei Wochen sind sie in Sahirs Dorf gestartet. Eine Pferdedroschke hat sie bis zum Indischen Ozean gebracht. Mit einem Dampf-Segelboot sind sie über den Golf von Aden nach Äthiopien und heute als Letzte bei Adia angekommen.

Die drei afrikanischen Gastgeber haben ihren Gäste für die erste Nacht ein großes Zelt auf einem freien Gelände neben dem Dorfzentrum aufgestellt. Für die weiteren Tage sind sie alle bei verschiedenen Familien im Dorf eingeladen. Nachdem sich die Gäste in ihren kleinen Schlafzellen im großen Zelt für eine Nacht eingerichtet haben, sind alle auf dem Platz vorm Zentrum, um die beschriebene Tauschbörse des Dorfes zu erleben.

Die beiden Südamerikaner Aida und Rodolfo entdeckten auf dem großen Früchtetisch die scheinbar südamerikanischen Papayas. Hellauf begeistert wollen sie zugreifen. Der Bauer, der an seinem Tisch direkt neben dem Freitisch sitzt, unterbricht die beiden: „Erstens sind das keine Papayas, sondern Popofrüchte aus Kenia und zweiten waren der Dorfschuhmacher und der Dorfschneider noch nicht auf dem Platz. Die kommen immer als Letzte.

Wenn die beiden Familien nichts vom Freitisch brauchen, könnte ihr, als unsere Gäste, gerne zugreifen. Doch zuerst dürfen sich bei uns die Dorfbewohner am Freitisch bedienen."

Die zwei Juden, die zwei Palästinenser und der Türke erinnern sich an das Gespräch am gestrigen Abend und an die sehr fragwürdige Regelung der Dorfbewohner im Sinne einer echten Demokratie. Arif nannte es sogar ein Zweiklassendenken, das im Widerspruch zur humanen Demokratie stehe. Kalil wiederholt seine Idee von gestern Abend: „Es ist ganz bestimmt ein spannendes Thema. Wo ist die Grenze zwischen dem gesunden Egoismus und der echten Demokratie?" Weil er von den anderen offenbar nicht verstanden wird, will er sich erklären. Adia unterbricht ihn: „Laßt uns das nicht hier auf dem Platz diskutieren". Aida und Rodolfo stimmen dem zu: „Es ist wirklich eine ernstzunehmende Frage, mit der wir uns tatsächlich intensiv beschäftigen müssen. Das Thema heißt kurz, Egoismus und Demokratie, wie paßt das zusammen?" Die unterschiedliche mentale Herkunft der fünfundzwanzig Männer und Frauen, die dem Begriff Egoismus individuell verschiedene Bedeutungen geben, einigen sich darauf, zunächst eine übereinstimmende Verständigung zu dem Egodenken zu finden. Adia, die ortsansässige Gastgeberin eröffnet ihren Gästen: „Das ist bestimmt der beste Einstieg in unsere Gespräche ab morgen.

Heute Abend sind wir zum Abendessen alle Gäste der gesamten Dorfgemeinschaft. Wir werden im großen Saal des Zentrums erwartet. Die besten Köchinnen und Köche des Dorfes haben für uns und für die Gemeinde ein großes Abendessen vorbereitet. Laßt uns also miteinander feiern. Zum Arbeiten ist ab morgen Zeit genug." Mit Überraschung und Freude reagiert das gesamte ´Colegio international´. Der erste Abend entfaltet sich zu einem fröhlichen, internationalen Fest.

Obwohl der gestrige Abend eine `lange Nacht´ wurde, sitzen die fünfundzwanzig Freunde heute wieder sehr früh in einem kleinen Raum des Dorfzentrums von Agarun. Bei einem kurzen und kleinen Frühstück genießen sie das frische Obst vom Freitisch der gestrigen Tauschbörse. Der Amadio, er ist ein Nachfahre europäischer Kolonialisten in Südafrika, erinnert die Gruppe an das Vorhaben, heute eine übereinstimmende Verständigung zu dem Egodenken zu finden. Daniel aus Nordamerika reagiert darauf: „Die allgemeine Auffassung aller denkender Menschen sagt, der Ego ist jemand, dem jeder andere egal ist. Er kümmert sich nur um sein eigenes Wohlgefühl. Das Empfinden des anderen beachtet er nicht, es ist ihm egal." Sein Freund Oliver unterstützt die Aussage und fragt: „Wie paßt das zu dem Demokrat, den wir bereits bei unserem ersten Treffen im einstmaligen Israel beschrieben haben. Alexis, du hast damals festgestellt, ein gesunder Demokrat geht sowohl mit Freunden wie mit Fremden mit achtsamer Distanz um." „Das stimmt", bestätigen sowohl die beiden Juden Gero und Ricardo als auch die beiden Palästinenser Arif und Kalil.

Auch Haluk aus der Türkei erinnert sich an diese Aussagen und stellt mit großer Bestimmtheit fest: „Der Egoist kann kein Demokrat sein, denn der Demokrat nimmt die Verantwortung für sich sehr ernst. Er achtet auf sich und beachtet seine Umgebung, sowohl sein internes, persönliches Umfeld als auch die erweiterte Umgebung". „Und das macht kein Egoist!" bestimmt Igor aus Rußland.

Nach einer kleinen Stille will Ruandus von Daniel wissen: „Du sagst, der Egoist beachte das Empfinden des anderen nicht, und dann sagst du, das Empfinden des anderen sei ihm egal. Was stimmt, beachtet der Egoist den anderen nicht oder ist er ihm egal?" Daniel wirkt leicht trotzig: „Das ist doch dasselbe!" „Oh nein, das ist absolut nicht dasselbe, fällt ihm der französische Enzo ins Wort: „Wenn ich eine Person nicht beachte, bin ich unaufmerksam und erkenne auch nicht, wenn mir diese Person gefährlich werden kann. Das Wort `egal´ wird bei uns in Frankreich von dem Substantiv Egalität abgeleitet und das heißt, `gleich gültig´. Wenn mir also der andere egal ist, dann hat er für mich die gleiche Gültigkeit." Jasper aus den Niederlanden vertieft diesen Gedanken und sagt: „Egalität heißt auch politische oder soziale Gleichheit und Gleichberechtigung". „Wenn die Egalität noch mit der absoluten Toleranz verbunden ist, wie Buddha sie fordert, ist das die Hochform der Demokratie" fügt Pioxen hinzu. Der germanische Praktiker Robert, der mit dem „gehobenen Denken der Philosophen", wie er es nennt, nicht viel am Hut hat, bringt es einfach auf einen Punkt: „Bei uns in Germanien heißt es, das ist `Jacke, wie Hose´ - und beides braucht der Mensch, wenn er nicht frieren will." Mit dieser Bemerkung hat er alle zum Lachen gebracht. Das genügt ihm.

Daniel genügt das nicht. Nachdem, was er da gerade hört, ist ein Egoist genau das Gegenteil von dem, was er beim Beginn des Gespräches ziemlich überzeugend als allgemein gültige Auffassung darlegte. Er fragt: „Was ist Egoismus?"

Der christlich geprägte Joan aus Spanien antwortet, fast in einem Predigerton: „In dem Wort Egoismus steckt das Ego, was übersetzt, Ich heißt. Das Wort Egoismus will ausdrücken, daß der Mensch sich selbst sieht und wahrnimmt. Egoismus ist demnach die gesunde Form der Selbstliebe. Im jüdischen Tanach, in der christlichen Bibel, im islamischen Koran, im Hinduismus, im Taoismus und in alle anderen Religionen heißt es: Liebe deinen Nächsten, wie dich selbst. Also steht an erster Stelle die Selbstliebe. In einer Lernstunde erzählte uns ein Priester die Geschichte vom Samariter. Ich habe das so verstanden: Der Samariter sieht den Überfallenen, nimmt etwas von seinem Öl auf die Wunden des Verletzten und bringt ihn in die Herberge. Er bleibt nicht bei ihm, weil er selbst seinen eigenen Weg gehen will."

Weil die Nichtchristen in der Runde die Geschichte nicht kennen, fügt Joan seiner kleinen Predigt diese noch hinzu. Noch einmal wird es still in der Runde.

Ricardo beendet die Stille wieder mit einer für ihn typischen Bemerkung: „Der Ich-Mensch, also der Egoist, rettet keinen Ertrinkenden, wenn er selbst nicht schwimmen kann." Das haben alle sofort verstanden. Helmfried, der jüdische Germane, der in Jechjahau lebt, erinnert sich: „In einer Spielstunde in unserem Dorf wurde uns Kindern einmal die Geschichte von einem alten germanischen Schamanen erzählt. Später haben zwei Brüder diese als Märchen, besser gesagt, als innere Weisheit, aufgeschrieben: Zwei Kinder namens Hänsel und Gretel geraten in einem finsteren Wald in die Gewalt einer Hexe. Sie ist das Symbol des `Bösen´. Beide Kinder belügen aus egoistischen Gründen die Hexe, um sich und andere vom `Bösen´ zu befreien. Weil sie eigenverantwortlich handelten, waren sie auch gesunde Demokraten. Ohne es selbst zu wissen, übernahmen sie auch Verantwortung für andere." Einige in der Runde kennen das Märchen und den `Hintergrund´ nicht. Darum bringt Helmfried eine ausführliche Erzählung. Damit ist allen klar, ein guter Demokrat ist auch ein gesunder Egoist.

Der buddhistische Pioxen philosophiert: „Egoismus ist demnach das, was auch `vernünftige Toleranz´ genannt werden kann. Diese Toleranz beachtet ebenso die eigenen Bedürfnisse wie die des jeweilig anderen. Wenn es auf uns ankommt, auf die armselige Flamme unseres guten Willens und auf die Armseligkeit unseres Tuns, richten wir das Heil alleine nicht aus. Dazu reicht es nicht, wie viel wir auch vermögen. Es bleibt unmöglich. Wir brauchen die Gemeinschaft und können in aller Demut ja zu uns und zu den anderen sagen. Der Egoist, also der auf sich selbst hinschauende Mensch, baut mit seiner gesunden Selbstliebe und mit aller Demut, das heißt mit dem Mut, zu dienen, sein Leben auf und übernimmt die Verantwortung für sein Denken, Handeln und Lieben."

Adia, die Gastgeberin spricht allen aus dem Herzen, indem sie eine Pause vorschlägt. Ruandus bemerkt, es sei auch Zeit für einen Mittagsimbiß. Also beschließt das `Colegio internationale´, eine längere Mittagspause. Nach dem sehr intensiven Gedankenaustausch ist das für alle dringend erforderlich.

Ich habe mich wohl ganz gewaltig geirrt als ich gestern über dein Dorf von einer Zweiklassengesellschaft gesprochen habe" spricht Arif nach der Mittagspause Adia direkt an: „Die Dorfbewohner denken demnach zuerst daran, genügend Nahrung für sich selbst zu haben, damit sie auch Gäste einladen können, wie wir das gestern Abend erlebt haben." „So ist es!" freut sich Adia. Alexis, der griechische Philosoph, nennt die Regelung der Bewohner von Agarun im Zusammenhang mit dem Freitisch eine vernünftige Toleranz. „Genau das ist die korrekte Erklärung des Wortes Egoismus", begeistert sich Sahir und erklärt weiter:

„Diese Toleranz beachtet ebenso die eigenen Bedürfnisse wie die des jeweilig anderen. Die unvernünftige Toleranz beachtet lediglich den Vorteil des anderen und findet oft einen fragwürdigen Kompromiß, der am Ende alle unzufrieden macht, auch wenn das nicht immer sofort bewusst und ausgesprochen wird." Igor schaltet sich ins Gespräch und führt aus: „Mit der vernünftigen Toleranz ergibt sich eine klare und eindeutige Abgrenzung gegenüber dem krankhaften Egozentriker." Das Wort ist in der Runde unbekannt, so erzählt Igor weiter: „Wie mein Großvater meinem Vater erzählte, war das vor der großen Katastrophe die bevorzugte Haltung von Menschen, die sich selbst, wie das Wort sagt `im Zentrum´, als Mittelpunkt der Welt sahen. Dabei nutzten sie alle ihre Talente, um ihre Umgebung verantwortungslos nur für ihre Ziele zu mißbrauchen. Dem Egozentriker fehlte mit seiner krankhaften Selbstwahrnehmung jeder Bezug zum humanen und demokratischen Menschsein." Einige in der Runde bemerken, Igor spricht über die Egozentriker nur in der Vergangenheit. Sie fragen, ob es in der Gesellschaft, in der sie jetzt leben, keine Egozentriker mehr gibt. Ruandus ist der Auffassung, daß es sicher jetzt auch noch heimliche Egozentriker gibt. „Der kann aber kein Demokrat sein!" stellt Arif wieder leicht empört fest.

Im Gegensatz zu seiner Feststellung der Zweiklassengesellschaft, wie er irrtümlich konstatierte, bekommt er jetzt von allen anderen vollen Zuspruch.

Paolo aus Italien will wissen, wie es zu dem Crash vor mehr als hundert Jahren kommen konnte. Joan aus Spanien spekuliert, welchen Beitrag die alte Gesellschaft dazu geleistet haben mag. Viel grundsätzlicher fragt Jasper aus den Niederlanden nach, wie wohl die 'alte Gesellschaft' gelebt hat. Die drei Fragen führen zu einem ziemlich chaotischen Redeschwall aller, bis Enzo aus Frankreich ein Machtwort spricht: „Singen können wir alle gemeinsam, mit dem Reden geht das nicht, wenn die gestellten Fragen tatsächlich ernsthaft beantwortet werden sollen."

Adia meldet sich wieder zu Wort: „Ich glaube es ist sinnvoll, wenn jeder von uns den Rest des heutigen Tages dazu nutzt, sich mit seinen Mitteln und Möglichkeiten in einer individuellen Klausur mit den drei Fragen beschäftigt, um individuell Antworten zu finden. Morgen können wir uns dann gegenseitig informieren und über die Ergebnisse der Klausur austauschen." Weil der Vorschlag von allen angenommen wird, verbringt jeder den Nachmittag und Abend alleine auf seine Weise. Von den Gastfamilien werden sie zum Abendessen eingeladen. Einige Gastfamilien können ihren Gästen Hinweise geben, die hilfreich sind auf der Suche nach Antworten auf die gestellten Fragen.

Es ist der zweite Wochenend-Ruhetag im Dorf. Der große Saal und die Nebenräume im Zentrum sind belegt. Die Angehörigen der drei monotheistischen Richtungen treffen sich zum gemeinsamen religiösen Zusammensein, wie das in Agarun seit fast hundert Jahren üblich ist. Die Reste der landwirtschaftlichen Produkte, die am Vortag auf dem Freitisch übrig geblieben sind, nutzen die Dorfbewohner für einen gemeinsames Imbiß.

Heute ist als religiöse Autorität der christliche Priester da und erzählt etwas über die Feindesliebe, wie das in der christlichen Bibel aufgezeichnet ist. Vom `Colegio internationale´ sind Aida, Rodolfo, Alexis, Joan und Jasper Zuhörer. Vor allem der Niederländer hört sehr konzentriert zu. Er hatte gestern die Frage gestellt, wie die Gesellschaft vor dem Crash gelebt hat. Während seiner Klausur konnte er einige Dokumente studieren, die ihm seine Gastgeber überlassen haben. Es sind Teile von Aufzeichnungen über `Die Geschichte von der Antike bis zur Gegenwart´. Die Teile beginnen bei Demokrit, dem griechischen Philosophen, nach dem wohl der Begriff Demokratie hergeleitet wurde, bis zum Niedergang der Großmacht Amerika. Von dem, was der Priester von der Feindesliebe erzählt, konnte Jasper in den Aufzeichnungen nur das krasse Gegenteil lesen.

„Wie ich den Aufzeichnungen entnehme, gab es bereits zu Demokrits Zeiten, also vor fast 4.000 Jahren, Feindschaften unter den Menschen-" Alexis, der als Philosoph die antike Geschichte seiner e Heimat studierte, bestätigt: „Die Demokratie in Athen entstand als Reaktion auf übergroße Machtfülle und Machtmißbrauch durch Einzelne. Das Ende der Demokratie begann, als der Adelige Perikles die Bürger Athens mehr als Untertanen und nicht mehr als gleichberechtigte Partner behandelte. Sein Neffe Alkibiades war ein geschickter Redner und verführte das Volk zu Eroberungskriegen. Viele griechische Städte erhoben sich mit Hilfe Spartas gegen die Herrschaft Athens. Damit war die Demokratie gescheitert." Rodolfo fügt dem hinzu: „Demokratien wurden immer schon durch machtgierige Herrscher beendet, die es verstanden, dem Volk mit kurzsichtigen und einfachen Rezepten Versprechungen zu machen, die sie gar nicht einlösen wollten". Ruandus berichtet dazu: „Wie ich das bereits in der Lernstube meines Dorfes gehört habe, hat sich das bis zum Untergang der machtvollen kapitalistisch vorherrschenden Staaten gegenüber den schwächeren Ländern nicht verändert, wie ehemals auch die Urbewohner meiner afrikanische Heimat erleben mußte".

Sehr aufmerksam hört der buddhistische Pioxen dem zu, was vor allem Alexis über den Untergang der Demokratie im antiken Griechenland erzählt und stellt fragend fest: „War demnach der Adelige Alkibiades das Vorbild aller Kaiser, Könige und sonstigen Feudalherrschaften, die ihr Volk als Krieger und Söldner zu ihren Zwecken mißbrauchten, um sich gegenseitig zu bekriegen?" Amadio erweitert den Gedanken und weist darauf hin, daß später fremde Diktatoren wie feudale Kaiser auch in Südafrika herrschten und die Menschen in ihrer eigenen Heimat unterdrückten. „Das war nur möglich, weil das Volk überwiegend analphabetisch gehalten wurde", bemerkt Igor, dessen Vorfahren in einer weitab gelegenen Provinz im hohen Norden Rußlands lebten, wie er von seinem sehr alten Großvater gehört hat, der als Kind den Crash miterlebte. Er weiß, dass dieser alte Mann auch ein Analphabet war. Haluk äußert den Verdacht, daß das Analphabetentum ein politisches Kalkül der herrschenden Monarchen und Diktatoren war. So konnten sie das Volk in Unwissenheit und absolutem Gehorsam leichter zu ihren Zwecken und zum eigenen Machterhalt mißbrauchen.

Sowohl die beiden Israelis Gero und Ricardo als auch die beiden Palästinenser Arif und Kalil unterstützen den Verdacht des türkischen Moslems. Jasper, der das Gespräch mit seinen Bemerkungen zur jahrtausend alten Feindschaft der Menschheit eröffnete, schlägt vor, über den Verdacht von Haluk am nächsten Tag weiterzureden. Der Vorschlag kommt bei allen gut an, weil sie den Rest des Tages, ähnlich wie die Bewohner von Agarun, als religiösen Ruhetag nutzen wollen.

Heute, am letzten Wochenend-Ruhetag während des Treffens des `Colegio internationale´, in Agarun haben die einzelnen Gastgeber der fünfundzwanzig Frauen und Männer aus fast allen Kontinenten der Erde zu einem festlichen und langen Frühstück eingeladen. In einigen Familien dehnte sich das Frühstück bis zu einem Mittagsimbiß aus. Folglich konnte sich das Colegio erst am frühen Nachmittag zu weiteren Gesprächen im kleinen Saal des Dorfzentrums treffen.

Igor untermauert zum Beginn der Gesprächsrunde den Verdacht Haluks vom Vortag mit einer Erzählung, die er von seinem alten Großvater gehört hat. Der Vater des Alten wollte zur Schule gehen, er wollte lesen und schreiben lernen. Der Bürgermeister des Dorfes im fernen Sibirien erlaubte das nicht, weil die Ahnen der Familie keine Russen waren. Sie kamen als Juden aus dem früheren Deutschland, in dem sie sich nicht mehr sicher fühlten. Im damaligen Rußland herrschte eine so genannte `parlamentarische Demokratie´. In Wirklichkeit war es eine heimliche Diktatur. Eine kleine Gruppe von Parlamentariern, die sich die Mehrheit der analphabetischen Bevölkerung sicherten, bestimmten die Geschicke der sibirischen Provinzen im Riesenreich Rußland.
Helmfried, der germanische Jude, der seit früher Kindheit in Jechjahau lebt, berichtet, dass er von seinen Gastgebern alte Zeitungsartikel aus dem ehemaligen Deutschland bekommen hat. Dort konnte er lesen, daß auch im Deutschland seiner Vorfahren eine ähnliche parlamentarische Demokratie herrschte. Das Volk war nicht analphabetisch. Es hatte einen durchschnittlichen Bildungsgrad, der allerdings von mißbräuchlichen Lehrern und

Pädagogen so gesteuert wurde, damit die Regierenden in den föderalen Staatsparlamenten ihre eigenen Interessen ohne großen Widerstand der Bevölkerung durchsetzen konnten. Die Eigenverantwortung des Einzelnen wurde bereits in Kindertagen den gesellschaftlichen Bedingungen und Zwängen angepaßt. Bildung und Ausbildung zielte in der Regel auf Leistungen, die dem vorherrschenden parteipolitischen Denken dienten und nicht den Talenten und Neigungen des Individuums. Es war Erziehung zur Abhängigkeit.

Die fünf Europäer aus Italien, Spanien, Frankreich und den Niederlanden konnten auf Grund von Zeitungsberichten, die sie ebenfalls von ihren Gastgebern bekommen hatten, Ähnliches von den Ländern ihrer Vorfahren bestätigen.

Außerdem bemerkten die Zeitungsleser, in allen populären Artikeln waren nur negative Berichte zu lesen. Es ging in erster Linie um Sensationslust und Gewaltberichte. Der psychologisch geschulte Daniel aus dem Norden Amerikas resümierte: „Unter diesen Voraussetzungen kann es nicht zu einem eigenverantwortlichen demokratischen Denken und Handeln kommen."

„Auch das traditionelle Familiendenken kann ein Hemmnis für ein freiheitlichdemokratisches Verhalten sein", bemerkt Pioxen: „Ich denke an die Lebensgeschichte des Buddha. Als Prinz Shiddhartha Gautama lebte er in einem, nach außen abgeschotteten Schloß. Seine Eltern, vor allem der Vater, achteten darauf, daß ihr Sohn das Schloß nicht verließ. Sie wollten ihn vor den Grausamkeiten des Lebens schützen. Mit 18 Jahren mußte er auf Drängen seiner Familie heiraten. Wie damals in Indien üblich, suchten die Eltern für ihre Kinder die Ehepartner aus. So mußte auch der Prinz die von den Eltern gewählte Prinzessin heiraten, die er vorher kaum kannte. Es war die Diktatur der Tradition, unter der nicht nur der Gautama leiden mußte. Erst elf Jahre nach dieser erzwungenen Heirat befreite sich der Shakyamuni aus der Enge der Familie. Er wurde nach langem Suchen und vielen schmerzlichen Erlebnissen später dann in der Stille unter einem Baum zum Buddha, zum Erleuchteten, zum Begründer des Buddhismus. Er predigte die absolute Toleranz und radikale Liebe. Bekanntlich sind das bedeutende Wesenszüge eines Demokraten." „Ich kenne zwar Buddha, doch diese Geschichte von ihm kannte ich nicht, ich bin ein Hindu", reagiert Sahir auf das, was er gerade gehört hat und berichtet weiter: „In unseren indischen Dörfern ist heute noch etwas vom Kastengeist der vergangenen Zeiten zu spüren. Immer noch achten die Eltern darauf, daß ihre Söhne die passende Frau und ihre Töchter den passenden Mann ehelichen. In den Dörfern der Region aus der ich komme, leben überwiegend Menschen, deren Vorfahren aus der gleichen Kaste kamen. Die Dörfer feiern mehrmals im Jahr ein gemeinsames Fest, um innerhalb der Region Ehen anzubahnen. Wenn ein Sohn oder eine Tochter sich in einen Partner oder eine Partnerin verliebt, die nicht zur Religion paßt, fällt es den Eltern immer noch schwer, diese Verbindungen anzunehmen. Auch der Umgang innerhalb einer Familie ist noch mehr oder weniger festgelegt. Der Mann ist der Beschaffer der Tauschmittel, die Frau ist die Herrin im Haus. Beim Essen bedienen die Frauen immer noch zuerst ihre Männer, dann die männlichen Kinder, dann die Mädchen, erst dann sich selbst."

„In unseren jüdischen Familien im ehemaligen Israel ist das auch nicht viel anders", bestätigen fast gleichzeitig Gero und Ricardo. „Die orthodoxen Juden unter uns bleiben untereinander und haben wie zu Abrahams Zeiten, immer noch Brautsucher", berichtet Gero. Ricardo klärt die Runde auf: „Im Tanach Vers 24 ist zu lesen, daß Abraham einen Knecht aussendete, um für seinen Sohn Isaak eine Braut zu finden." Gero berichtet darauf hin: „Heute geht bei den Orthodoxen immer noch ein älteres Mitglied der Familie auf Brautsuche für den heiratsfähigen Sohn. Mit einem exakt vorgeschriebenen Zeremoniell hält dieser bei den ausgesuchten Braufeltern um die Hand der Tochter an, um so die Heirat zu vermitteln. Nur wenn beide Elternpaare einverstanden sind, kommt es zu einer neuen Ehe". In der Zeit vor dem Crash verfolgte diese Tradition überwiegend wirtschaftliche Interessen. Heute ist das eine überkommene Gewohnheit geworden.

Aida und Rodolfo, sind seit dem ersten Treffen des ´Colegio internationale´, ein Paar. Sie bewohnen gemeinsam ein Haus in Cincita, einem der 15 Dörfer, die aus der ehemaligen Metropole Buenos Aires entstanden sind. Sie sind nicht mit dem Segen der christlichen Kirche verheiratet, wie das in Argentinien üblich ist. Zwar gab es bereits vor dem Crash auch in ihrer Heimat schon viele so genannte ´wilde Ehen´, doch voll angenommen wurden diese Paarungen vom größten Teil der ´anständigen Bewohner´ nicht. Daran hat sich auch nach dem völligen Zusammenbruch der alten Gesellschaft in den Dörfern der argentinischen Regionen nicht viel verändert. Niemand spricht zwar darüber, doch Aida und Rodolfo bekommen es, wie alle Paare, die ähnlich zusammen sind, im alltäglichen Einerlei immer mal wieder zu spüren. Speziell beim Tauschhandel werden sie von den christlich verheirateten Paaren oft gemieden. „Das ist nicht gerade demokratisch" stellen die beiden fest und ergänzen humorvoll: „doch wir nehmen das mit demokratischer Gelassenheit hin."

In diesem Zusammenhang erinnert sich Rodolfo an eine Geschichte, die von Generation zu Generation weitergegeben wird. So hat er sie auch von seinem Vater gehört: „Vor fast zweitausend Jahren hat ein junger Deutscher im damaligen Buenos Aires auf öffentlicher Straße seiner Freundin einen Kuß gegeben, weil sie seinen Heiratsantrag angenommen hat. Dieser öffentliche Kuß war eine ´Erregung öffentlichen Ärgernisses´. Der junge Deutsche wurde zu sechs Monaten Haft auf Bewährung verurteilt." Aida bemerkt dazu: „Das ist heute eine lustige Geschichte, doch so lustig ist der Hintergrund dieser Episode auch heute noch nicht. Im Gegensatz zu der gesunden Demokratie sind alle Erfahrungen und Erlebnisse im Zusammenhang mit Ehe und Familie, von denen wir gerade sprechen, auch heute noch recht reformbedürftig."

Ein weiteres Beispiel von einengendem Familiendenken liefert Noah aus Kanada. Er ist verheiratet und Vater von zwei halbwüchsigen Kindern. Sowohl seine Eltern als auch die Eltern seiner Frau machen ihm immer wieder große Vorwürfe, wenn er alle zwei Jahre zum Treffen des ʿColegio internationaleʹ fährt und seine Familie „im Stich läßt", wie sie sagen. „Meine Kinder verstehen das und spüren das große Vertrauen, das ich ihnen entgegen bringe, wenn ich sie immer mal wieder für eine Zeit lang alleine lasse. Ihr Demokratieverständnis ist weit größer als das meiner Eltern und Schwiegereltern." Daniel resümierte: erneut: „Es ist schön zu wissen, daß sich Demokratie von Generation zu Generation auf unserer Erde immer stärker erkennbar zeigt." Der Aussage folgt ein längeres nachdenkliches Schweigen in der Gesprächsrunde.

Oliver beendet die Stille: „Von meinen englischen Vorfahren habe ich Aufzeichnungen über die unterschiedlichsten Familienfeindschaften vor allem unter den herrschenden Adelsfamilien gelesen. Shakespeare hat das Thema in seinem Bühnenstück Romeo und Julia bekanntlich wiedergegeben. Solche Familienfehden waren in früheren Generationen Auslöser von blutigen Kriegen, bei denen es nur um Macht und Besitz ging."
Haluk beendet die heutige Gesprächsrunde mit einer fragenden Feststellung: „Ich denk solche familiären Feindschaftsgedanken schwingen in den Köpfen Einzelner heimlich auch heute noch mit. Es braucht wohl noch einige Generationen, bis sich das festgefahrene und in den Köpfen verankerte traditionelle Ehe- und Familiendenken endgültig demokratisiert."

Für den Abend haben die fünfundzwanzig Gäste des äthiopischen Dorfes ihre Gastgeber zu einem gemeinsamen Abendessen im Zentrum eingeladen. Vom Freitisch am vorangegangenen Tauschtag konnten sie einiges mitnehmen, das als Beilage für ein ausgiebiges Abendmahl Verwendung findet. Beim Dorfmetzger konnten sie Wurst- und Fleischwaren eintauschen. Als Tauschmittel war der Inhaber der Fleischerei sehr froh über die Zusage, am Ende des Treffens ein ausführliches Protokoll mit allen zusätzlichen Informationen zu bekommen, mit denen die Gruppe sich beschäftig hat. Dem Spruch, `viele Köche verderben den Brei´, hat der internationale `Kochclub´ an diesem Abend die Glaubwürdigkeit genommen.

Weil das Essen am gestrigen Abend sehr üppig war, ist das Frühstück bei den Gastfamilien in Agarun heute recht bescheiden. Die Landwirte und Obstbauern gehen an diesem ersten Arbeitstag der Woche wieder aufs Feld. Der Dorfbäcker ist mit seinen beiden Söhnen in der Backstube, während der Metzger, der sein Haus direkt neben dem des Bäckers hat, frisches Fleisch von den Viehbauern bekommen hat und dieses für die Dorfbewohner zurecht macht.

Die beiden ortsansässigen Korbmacher sind bereits am Flechten und die Keramikmeisterin hat seit den frühen Morgenstunden ihren Töpferofen brennen. Auch die übrigen Handwerker des Dorfes sind mit ihren Familien fleißig bei der Arbeit.

Enzo, der Franzose, ist Gast bei einem Holzschnitzer und will wissen, welche Handwerker es im Dorf noch gibt. „Neben einem Schuster, einem Schneider und der Friseuse gibt es auch noch einige Kunsthandwerker, so wie ich einer bin. Du hast bestimmt die Statue neben dem Dorfzentrum schon bewundert. Es ist das Werk unsres Bildhauers, der auch ein begnadeter Maler ist."

Die Antwort bringt den Franzosen auf die Idee, bei dem Maler ein Bild als Erinnerung an dieses afrikanische Dorf zu erwerben, das auf fast gleiche Weise Demokratie übt und lebt, wie er das von seinem französischen Heimatdorf kennt.

„Die Regeln der Demokratie sind offenbar erdenweit und international überall die gleichen." In Erinnerung an das kurze Gespräch mit seinem Gastgeber am Morgen, beginnt Enzo mit diesem Satz die Gesprächsrunde am vierten Tag ihres Treffens. Constantin bestätigt: „So sehe ich das auch! Der blinder Gehorsam gegenüber einer herrschenden Obrigkeit ist passé." Dann fragt er weiter: „Doch wie ist es mit dem egozentrischen Konkurrenzdenken! Ist das auch passé?" „Was meinst du damit?", wird er gleichzeitig von mehreren in der Runde gefragt. „In meinem Dorf in Germanien betreue ich seit Jahren eine Fußballmannschaft. Dabei beobachte ich, wie besonders die jungen und neuen Spieler großen Ehrgeiz entwickeln, der gegnerischen Mannschaft Tore zu verpassen, damit sie als Sieger vom Platz gehen können. Nicht das Spiel, sondern das Besiegen der anderen Mannschaft steht für die jungen und neuen Spieler oft im Vordergrund." „Das heißt doch, daß die Kinder und Jugendlichen bei ihren Eltern oder in ihren Familien diesen ehrgeizigen Konkurrenzkampf erlernt haben", hinterfragt der Psychologe Daniel und doziert: „Der natürliche Antrieb eines Menschen ist das Spiel, nicht der Gewinn. Das läßt sich sehr gut bei Kleinkindern erkennen. Sie suchen das Spiel, auch mit anderen Kindern, und sie teilen das Spielzeug, das sie nutzen, gerne mit anderen." Constantin ist begeistert: „Genau diese Überlegungen brachten mich auf die Idee, die Spiele immer dann zu unterbrechen, wenn ein Tor gefallen ist, damit beide Mannschaften sich gegenseitig gratulieren. Dabei ist es gleich, auf welcher Seite das Tor gefallen ist. Auf diese Weise entsteht ein gesunder Wettkampf, der nicht den Sieger oder Verlierer erkennen läßt, sondern den Spaß am Spiel fördert. Im Endeffekt sind dann alle Gewinner" „Das entspricht den Regeln der Demokratie, doch früher muss das ganz anders gewesen sein", meldet sich Enzo wieder zu Wort. Er berichtet, daß sein Gastgeber ein Künstler ist, der sich gerne mit den Ereignissen früherer Zeiten beschäftigt. Als Holzschnitzer schafft er Bilder, die das Vergangene deutlich und das Gegenwärtige bewußt machen. „Gregorius hat in seinem Keller einen Raum voll bepackt mit alten Tageszeitungen und Zeitschriften. In den Sportteilen dieser Publikationen habe ich Schlagzeilen, wie diese gefunden: `Triumphaler Sieg einer jungen Mannschaft´ oder `Der Sieg machte sie zum unanfechtbaren Meister aller Klassen´. Für die gegnerischen Mannschaften, also für die `Verlierer´, fand ich in den damaligen Sportnachrichten nur Spot und Hohn".

Joan erweitert den `Sportbericht´ früherer Zeit mit einem Hinweis auf Meisterschaften, die damals in fast allen Sportarten ausgetragen wurden: „Im Fußball gab es sogar alle vier Jahre Weltmeisterschaften. Die Spieler waren Profis, die oft Weltmeister im Geldverdienen waren. Ihr Interesse galt nicht mehr dem Sport, sondern dem Geldverdienen und dem erdenweiten Ruhm. Mit einem humanen Umgang unter Menschen hatte das nicht mehr viel zu tun." Enzo hat in den Sportberichten auch von kriegerischen Auseinandersetzungen von Fans der verschiedenen Sportklubs gelesen und beendet seinen Beitrag über das antidemokratische Verhalten der Gesellschaft vor dem Crash: „Wenn damals schon im sportlichen, also im spielerischen Bereich, Krieg herrschte, wen wundert es dann, daß sich die Menschen auch in anderen gesellschaftlichen Bereichen mehr als Feinde und weniger als Mitstreiter sahen."

Die sieben Europäer in der Runde des `Colegio´ fühlen sich beim Thema Fußball besonders angesprochen. Schließlich wurde dieser Volkssport „in einem europäischen Land geboren", wie es Jasper formuliert. Von Pioxen wird er sofort unterbrochen: „In unseren Dörfern erzählen sich heute noch die Fußballbegeisterten, daß bei uns in China bereits dreihundert Jahre bevor der Mann geboren wurde, der Christus genannt wird, Cuju oder auch Ts´uhküh gespielt wurde und heute wieder gespielt wird. Das ist ein fußballähnliches Spiel."

Joan hakt nach: „Ging es dabei auch in erster Linie ums Geldverdienen, wie das vor dem Crash üblich war?" Dazu kann der Chinese nichts sagen, ihm fehlen entsprechende Informationen, er weiß nur, daß dieses alte Spiel nur noch selten und nur in wenigen Dörfer gespielt wird.

Ruandus greift den Gedanken auf, daß in der „alten Gesellschaft insgesamt das `Geldmachen´ im Vordergrund stand", wie er es nennt. Fast etwas wütend betont er: „Die Macht des Geldes wurde wie ein Goldenes Kalb angebetet." Amadio, unterstützt ihn: „Wer geldlos war, war auch machtlos, so wie ich das von meinen Vorfahren gehört habe. Sie waren Kolonialisten aus Europa, hatten sehr viel Geld und bestimmten die Geschicke eines Landes, in dem sie Fremde waren. Ich bin nicht gerade stolz auf meine Vorfahren." Adia, die als pädagogische Mitarbeiterin in der Lernstube ihres Dorfzentrums aktiv ist, stellt fest: „Wohl niemand in dieser Runde kann stolz auf seine Vorfahren sein, denn alle machten das Geld zu ihrem Gott. Sie schufen damit eine Zweiklassengesellschaft. Auf der einen Seite die ausbeuterischen Kapitalisten, auf der anderen Seite die ausgebeuteten und wehrlosen Opfer." „Mehr noch", unterbricht aufgebracht Sahir: „Ich habe irgendwann einmal den Begriff `die dritte Welt´ gelesen. Damit war meine indischen Heimat gemeint". Adia reagiert auf die Unterbrechung: „Wie ich gelesen habe, war der Unterschied zwischen sehr großer Armut und unsagbarem Reichtum gerade in deinem Land besonders groß."

Sahir verteidigt sich: „Das wurde in unserem Land damals besonders deutlich, doch viel anders war es in den anderen Ländern auch nicht. In allen Ländern der Erde herrschte der Kapitalismus zu Lasten des größten Teils der Bevölkerung". „So sind anscheinend der Sozialismus und Kommunismus als Reaktion des Volkes entstanden", überlegt Daniel. „Ich bezweifle, ob das eine Reaktion des Volkes war", meldet sich Haluk: „Mein Großvater, dessen Vater nicht zur Schule gehen durfte, erzählte einmal, daß es rebellische Außenseiter waren, die diese Ideen in die

Welt setzen, um damit ebenfalls ihre Vorherrschaft gegenüber dem Volk auszubauen."

„Kapitalismus, Sozialismus oder Kommunismus. Es waren immer wenige Herrschende und ein blind gehorsames Volk", stellt Alexis fest. „Und das schon, so lange es mein Griechenland gibt."

„So so, das ist also dein Griechenland" ironisiert Haluk, der Türke, seinen griechischen Freund.

Nach der heiteren Bemerkung informiert Adia ihre Gäste: „Heute haben drei Köche des Dorfes uns einen Mittagsimbiß vorbereitet, darum laßt uns jetzt eine Pause machen." „Die Macht der Wissenschaft war in der geld- und machtorientierten Gesellschaft stärker als die Macht der Weisheit." Mit diesem Gedanken beginnt Ruandus nach dem Imbiß wieder die Gesprächsrunde. Dabei wird er von seinen `Colegios´ nicht gleich verstanden. Für den Zentralafrikaner ist der Sinn des Lebens in erster Linie das humane Miteinander aller Menschen. Ebenso wichtig ist dem Moslem der Umgang mit den Tieren und den Pflanzen. Er spürt, daß er nicht ganz verstanden wird. So legt er seinen Gedanken weiter aus: „Die Wissenschaft, die immer nur wissen will, macht alles zum Objekt, das statistisch, realistisch, berechenbar und brauchbar sein muß, damit es nützlich ist und so der immer komplizierteren Technik dient. Dabei spielt es keine Rolle, ob es Menschen, Tiere, Pflanzen oder andere Sache sind. Die Weisheit dagegen erspürt das lebendige Zusammenwirken aller Wesen in der kosmischen Energie. Die Juden und Christen nennen es auch das `Göttliche Prinzip.´ Der Weise will nicht zuerst verstehen, bevor er handeln kann." Der sehr praxisorientierte Sofua aus Kanada opponiert: „Das ist eine sehr naive Sicht der Dinge und ein ebenso naiver Vergleich zwischen Wissenschaft und Weisheit." Darauf erwidert der Afrikaner: „Genau mit dieser Naivität haben die Überlebenden der ersten Stunden nach dem Crash vor mehr als hundert Jahren den Wiederaufbau begonnen." Amadio unterstützt seinen afrikanischen Freund: „Und, wie wir heute erleben können, haben sie gewonnen." Robert gibt zu bedenken:

„Nur mit Weisheit und ohne Wissen haben es auch unsere Großeltern nach dem Crash nicht geschafft. Mit Weisheit lassen sich
keine Kleider nähen oder Schuhe machen. Ohne Wissen wären
keine Bücher neu gedruckt worden, mit denen Weisheit vermittelt werden kann." Haluk der in seinem türkischen Dorf eine
Druckerei betreibt, ist über Roberts Bedenken sehr erfreut. Doch
auch er bestätigt, daß alleine mit dem technischen Wissen keine
guten Werke, in seinem Fall, keine guten Bücher, gemacht werden können. Adia und Alexis reagieren fast gleichzeitig mit ihren
Überlegungen, daß die „Macht der Technik" , wie sie es nennen,
der Weisheit dienen muß. „Wie ich den Erzählungen der Alten
und verschiedenen Zeitungsberichten entnehme, haben sich die
Menschen vor der Zeit von der selbst entwickelten und vorange-
triebenen Technik abhängig gemacht und damit die Verantwortung der Technik überlassen"
   Mit diesen Überlegungen will Ruandus das Thema, das er begonnen hat, auch beenden. Aida und Rodolfo möchten jedoch
wissen, wie die Menschen auf der Erde künftig mit der Technik
umgehen sollen, denn ohne Geld läßt sich leben, ohne Technik
aber offenbar nicht mehr.

   Gero, Ricardo, Arif und Kalil reagieren auf das Anliegen
gleichzeitig: „Um über unsere Zukunft zu reden, sollten wir während dieses Treffens auch mindestens einen Tag nutzen." Robert
stimmt dem zu: „Das ist auch mein Anliegen, doch bevor wir
über die Zukunft reden, finde ich es wichtig, noch mehr zu beachten, was die alte Gesellschaft dazu beigetragen hat, damit es
zu diesem Ausbruch der Naturgewalten kam."
   Igor läßt mit seiner Reaktion seine `russische Seele´ sprechen:
„Bevor die Natur der Menschheit den Krieg erklärte, haben be-
kriegten sich die Menschen seit sie das Primatentum hinter sich
gelassen hatten, gegenseitig. Kain und Abel waren nach den Berichten im jüdischen Tanach und der christlichen Bibel die ersten
feindlichen Brüder. Im Laufe der Geschichte hatten diese beiden

millionenfache Nachfolger." Haluk ergänzt: „Auch der Koran berichtet in der Sure 5, in den Sätzen 27 bis 31 von den beiden feindlich Gesinnten. Dort ist von Kain zu lesen, `seine Seele erlaubte ihm den Mord an seinem Bruder, also tötete er ihn und wurde zum Verlierer. Das heißt doch, daß der, der unrecht handelt, letztendlich der Verlierer ist". „So, wie es die Menschen vor dem Crash tatsächlich erlebten", unterstreicht Alexis die Überlegungen des Russen und des Türken. Daniel erläutert: „In vielen `Schulen´ der Psychologie wird behauptet, Feindschaften zu pflegen und Kriege zu veranstalten, sei ein Naturgesetz der Menschheit." Der sehr christlich geprägte Spanier Joan protestiert: „Das kann nicht stimmen. Nach den drei Berichten, die eben genannt wurden, hat Gott den Menschen nach seinem Bild und Gleichnis geschaffen und Gott pflegt bestimmt keine Feindschaft gegen sich selbst und gegen die Menschen. Feindschaft und Krieg haben die Menschen aus Habgier und Machtgelüsten erfunden." Der Moslem Ruandus führt weiter aus: „Und aus Neid und Missgunst, wie der Sure aus dem Koran zu entnehmen ist." Der Juden Gero besinnt sich: „Das erinnert mich an das Goldene Kalb, das sich die Juden auf dem Weg ins gelobte Land schufen, um es als Gott zu verehren, weil Moses zu lange auf dem Berg Sinai war."

Sahir berichtet von vielen verschiedenen Religionsrichtungen in seiner indische Heimat, die sich gegenseitig nicht behindern oder gar bekämpfen. Er kann nicht verstehen, daß sich die drei monotheistischen Religionsrichtungen seit Jahren fanatisch bekämpfen und diesen Kampf auch noch `Heiligen Krieg´ nennen, obwohl in ihren Büchern, im Tanach, in der Bibel und im Koran, fast gleichlautende Botschaften niedergeschrieben sind. Er fragt: „Sind es die verschiedenen Namen, Jahwe, Gott und Allah, die zu dieser religiösen Spaltung führten?" Nachdenklich beantwortet Ruandus die Frage: „Es kann sein, daß blinde Fanatiker der drei Richtungen die unterschiedlichen Namen als Grund für ihre feindlichen Haltungen gegeneinander nutzten."

Amadio erweitert die Antwort mit ärgerlichem Tonfall: „Sie miß-brauchten ihren Jahwe, ihren Gott und ihren Allah als legitimes Machtmittel gegen die jeweils anderen." Helmfried reagiert etwas trotzig auf den Gedanken: „Das ist ein primitives Denken und ist mir zu oberflächlich." Adia lenkt ein: „Das mag sein. Ich glaube allerdings, daß die Verführer genau wissen, wie sie mit den Ver-führten sprechen müssen".

Die Runde will wissen, wen sie mit den Verführern meint, und wer nach ihrer Ansicht die Verführten waren. Nach ihrer Auffas-sung waren es schon immer die machtbesessenen diktatorischen oder kapitalistischen Herrscher der Völker oder Volksgruppen aller Zeiten, die mit religiösen Parolen vor allem junge Menschen verführten und fanatisierten, die orientierungslos nach Idealen suchten. Adia beendet ihren Beitrag mit den Worten: „Sie rede-ten den oft gering gebildeten Menschen ein, durch den Kampf gegen die ˋUngläubigen´ ihrem Leben einen Sinn zu geben. Da-bei nutzten sie ihre eigenen Auslegungen der religiösen Schrif-ten, die ihnen gerade angenehm waren und zu ihren Zielen paß-ten. Ungläubig waren immer die, die nicht der eigenen religiösen Richtung angehörten. Das führte im einfachen Volk natürlich zu feindseligen Spaltungen."

Ricardo bezweifelt, daß die Verführten tatsächlich Gläubi-ge waren: „In vielen Fällen glaube ich nicht, daß die von dir als Verführte bezeichneten Menschen überhaupt einen Bezug zu ir-gendeiner religiösen Richtung hatten." „Das hat es den Verfüh-rern doch so leicht gemacht" schaltet sich Gero, der andere Jude, ein: „Sie konnten so jeweils die andere Richtung als die feindliche nennen, da die Verführten zwar die Spaltung kannten, doch zu keiner der drei Richtung eine überzeugte Einstellung hatten."

Das haben die gegenwärtigen religiösen Autoritäten - also die Rabbis, die Priester und die Imame - begriffen und mit ihrer Zu-sammenarbeit eine neue religiöse Basis geschaffen.

Es war darum auch eine Großtat der christlichen, vor allem ehemals katholischen, Kirche, ihre diktatorische, hierarchische Struktur, vom erhabenen Papst im Vatikan über die Kardinäle und Bischöfe bis hinunter zu den einfachen Gemeinde-Priestern zu beenden.

Wie die Runde des `colegio´ feststellt, ist die Einstellung der Bewohner von Agarun der schönste Beleg für die neue religiöse Basis. Sie feiern Woche für Woche an drei Tagen die Ruhetage der verschiedenen monotheistischen Richtungen.

Über diese Feststellung freut sich die Gastgeberin Adia natürlich. Das sagt sie auch. Dann faßt sie zusammen: „Mit unseren bescheidenen Kenntnissen und den recht wenigen Informationen haben wir laienhaft zusammengetragen, wie wir die `alte Gesellschaft´ sehen. Wir sind dabei zu dem Ergebnis gekommen, daß die prägenden Element der damaligen Gesellschaft, nämlich Macht, Kapitallust, Neid, Missgunst und Bildungsarmut im Wesentlichen zu Feindschaften führten."

Ihre Überlegungen werden von den anderen bestätigt. Amadio führt die Gedanken weiter: „Die Feindschaften unter den Menschen haben zwar ein demokratisches Leben in der Gesellschaft unmöglich gemacht, doch das kann nicht die Ursache für den damaligen Crash sein. Bleibt also die Frage, was haben die Menschen gemacht, damit es zu dieser gewaltigen Naturkatastrophe gekommen ist?" Dazu können alle in der Runde nicht viel sagen. Die zehn Europäer vermuten, dass ein nicht korrekter Umgang mit den klimatischen Bedingungen eine von vielen Ursachen gewesen sein kann.

Die drei afrikanischen Gastgeber geben wieder, was sie von ihren Vorfahren gehört haben: „Es soll vor mehreren hundert Jahren in weiten Teilen Afrikas eine große Dürre gegeben haben, doch außerhalb der betroffenen Länder soll sich kein Land darum gekümmert haben, wie es den Menschen in diesen Dürrezonen ging.

Vor allem für die damaligen sogenannten Industrieländer war das nicht wichtig genug", berichtet Amadio. Etwas aufgebracht ergänzt Ruandus: „Ganz im Gegenteil, die Mächtigen in den kapitalistischen Ländern, waren nach Angabe meines Großvaters nur daran interessiert, wie sie diesen Ländern gegenüber ihre Machtposition nutzen konnten." Sahir will wissen, wie sie das gemacht haben sollen. Darauf weiß niemand in der Runde eine Antwort. Es entsteht eine unangenehme schweigende Spannung im Raum.

Haluk meldet sich zu Wort: „Mir fällt ein, daß ich bei dem gemeinsamen Essen, zu dem die Dorfbewohner uns eingeladen hatte, neben einem weißen alten Mann saß, der mir von seinem Vater erzählt. Dessen Vater war der Sohn französischer Kolonialherren im Senegal. Dieser hat in Frankreich studiert und war danach ein hoher Regierungsbeamter im Senegal. Der Mann erzählte mir, dass sein Großvater ein Jahr vor dem Crash bei einem Gipfeltreffen der zwanzig mächtigsten Staaten als Beobachter war. Das Treffen war in der ehemaligen Hauptstadt des Landes in dem wir gerade sind, in Addis Abeba. Bei dem Treffen ging es um die Klimapolitik der mächtigen Ländern."

Adia kennt diesen alten Mann und bestätigt: „Ja, der alte Kimya kann uns vielleicht bei unseren Fragen weiter helfen, Antworten zu finden. Der ist heute Abend bestimmt im Zentrum. Ich schlage vor, wir laden ihn morgen ein, in unserer Runde davon zu erzählen, was er aus den Berichten und Erzählungen seines Vaters über seinen Großvater noch weiß."

Damit ist die Gesprächsrunde für heute beendet. Alle gehen zu ihren Gastfamilien, um die verschwitzen Kleider zu wechseln. Am Abend treffen sie sich wieder im Dorfzentrum. Dort treffen sie tatsächlich den alten Kimya. Sie laden ihn für den nächsten Tag in ihre Runde ein. Zur Freude aller, nimmt der alte Mann die Einladung an.

Ein Tag später, es ist der zweite Arbeitstag der Woche. Ein alter, nicht nur weißhaariger, sondern auch weiser Mann sitzt mit 23 jungen Männern und zwei jungen Frauen in ausgelassener, doch sehr konzentrierter Stimmung im Dorfzentrum von Agarun und hält einen Vortrag. Das Bild wirkt wie ein spannender Geschichtsunterricht, bei dem ein weiser Alte weiß und 25 neugierige Junge wissen wollen. Kimya beginnt: „Weil ihr mich gestern gefragt habt, was die Menschen gemacht haben, damit es im Jahr 3120 n. Ch. zu dem gewaltigen Crash gekommen ist, habe ich in den alten Unterlagen meines Vaters geforscht. In einem Tresor, den wir als Kinder nicht öffnen durften, fand ich einen Artikel, den ich euch mitgebracht habe." Mit dieser Einleitung gibt er einen bereits vergilbten Zeitungsausschnitt aus einer Zeitung, die im ehemaligen Deutschland erschienen ist.

Der sehr alte Artikel wird in der Runde herumgereicht, weil alle ihn lesen wollen: `*Das erdenweite Klimaprobleme ist bekannt. Der Ausstoß von Co2 (Kohlenstoffdioxid) durch Autos, Busse und Kraftwerke dramatisiert das Klimaproblem. Zum Beispiel wird In Deutschland etwa 40% Prozent der Energie aus Kohle gewonnen.*

Dadurch gelangen jedes Jahr mehrere 100 Millionen Tonnen klimaschädliches Kohlendioxid in die Atmosphäre. Um den Klimawandel und die Erderwärmung zu bekämpfen, haben sich die Industrieländer verpflichtet, weniger gefährliche Gase in die Luft auszustoßen.

Jährlich werden mehr als 30 Millionen Tonnen Kohlendioxid ausgestoßen, ohne zu merken, wie sehr das der Atmosphäre schadet. Durch den hohen C02 Ausstoß steigt der Meeresspiegel jährlich dramatisch an, trotzdem wird vor allem in China, in den USA und Japan immer noch massenhaft C02 ausgestoßen.

Pflanzen und Tiere sind von dem Klimaproblem ebenfalls betroffen. Für die Pflanzen ist das nicht dramatisch, doch Tiere, die eher an kältere und feuchtere Gebiete angepaßt sind, sind die großen Verlierer. Die Antarktis wird es nicht mehr geben, wenn es so weitergeht.

Eine Begrenzung der Erderwärmung könnte erreicht werden, wenn die klimaschädlichen Stoffe aus der Atmosphäre entzogen werden. Dafür müssten jedoch fossile Brennstoffe massiv durch Biomasse ersetzt und Kohlendioxid unterirdisch gespeichert werden. Man könnte weniger CO2 produzieren, indem man bei schönem Wetter mit dem Fahrrad zur Arbeit fährt oder öffentliche Verkehrsmittel nutzt, statt das eigene Auto. Man könnte auf Elektroautos, wie schon vorhanden, umsteigen.

Atomkraftwerke sollte man abschaffen, und durch Solarenergie oder Windkraftenergie ersetzen. Um dies zu schaffen, braucht man keine großen Opfer zu bringen, man muss jedoch nur seinen CO2 Ausstoß verringern, um unsere Erde zu retten.

Sowohl die Wissenschaft als auch die Öffentlichkeit beschäftigen sich seit einiger Zeit mit der Frage, inwieweit der Mensch durch seine Aktivitäten die Zusammensetzung der Atmosphäre und damit ihre strahlungsphysikalischen Prozesse beeinflußt.

Es ist bekannt, daß die Abholzung von Wäldern und die zunehmende Vergrößerung und Verdichtung von Städten, Auswirkungen auf das Klima haben. Neu dagegen ist die Erkenntnis, daß es durch menschliche Aktivitäten zu globalen Änderungen bei der Konzentration strahlungsrelevanter Gase in der Atmosphäre kommt. Dabei werden die Zunahme von Kohlendioxid (CO2), Methan (CH4), Stickstoffoxid (N2O) und der FCKW (Fluorchlorkohlenwasserstoffe) und ihre Auswirkungen durch den Begriff `Treibhauseffekt´ beschrieben. "

Haluk gibt den Artikel an Kimya zurück und bemerkt: „Wenn das alles bekannt war, haben sich die Menschen wohl auch danach gerichtet, vermute ich. Was also ist geschehen?" Im Tresor hat der Alte noch eine persönliche Aufzeichnung seines Großvaters zum Gipfeltreffen gefunden. Sie läßt erkennen, daß die zwanzig Mächtigen nur am Rande Notiz von dem nahmen, wie der Artikel die damalige erdenweite Situation beschrieb, und damit Tatsachen ignorierten, die ihren materiellen Interessen nicht entsprachen. „Die sind nur zum Schein nach Addis Abeba gekommen, weil hier der Sitz einer Kommission war, deren erklärte Aufgabe die ökonomische und soziale Entwicklung der afrikanischen Staaten war", empört sich der alte Kimya und erklärt weiter: „Wie ich den Notizen meines Großvaters entnehmen, waren die Vertreter der einstmals zwanzig reichsten Industrienationen nicht zu uns gekommen, um ihre Klimapolitik den gegebenen Umständen der Natur anzupassen, sondern um uns gegenüber ihre Macht zu demonstrieren."

Sahir stimmt ihm zu: „Wie ich unserer indischen Geschichte entnehmen kann, ging es den damaligen `Herren der Welt´ nur um ihre Macht. Dafür waren sie bereit alles zu tun. Nur ihr materieller Wert zählte. Die Bevölkerung der `Dritten Welt´, wie sie Indien ebenso wie die afrikanischen Länder ironisch nannten, waren bei ihren kriegerischen Machtspielen nur Statisten, die man zum eigenen Zweck nutzen konnte."

Um die ebenfalls leicht kriegerische Stimmung in der Runde wieder zu beruhigen, spricht der Buddhist Pioxen die Gastgeberin direkt an und fragt: „Was war im früheren Äthiopien so anders, als in den anderen afrikanischen Ländern, weswegen der `Gipfel´ ein Jahr vor dem Crash ausgerechnet in Adis Abeba veranstaltet wurde?" Adia engagiert sich als Sozialpädagogin in der Spiel- und Lernstube des Dorfzentrums. Sie informiert mit spielerischen Methoden über die Geschichte ihres Landes. Aufzeichnungen und historische Schriften, die im Laufe der letzten achtzig Jahren landesweit gefunden und gesammelt wurden, bieten entsprechenden Wissensstoff. So kann sie die Frage des Chinesen, auch mit Hilfe ihrer beiden afrikanischen Mitgastgeber, beantworten. Die Antwort entwickelt sich zu einem kleinen Vortrag: „Äthiopien war schon immer der bevölkerungsreichste Staat der Welt ohne Zugang zum Meer und ein Vielvölkerstaat. An Bodenschätzen bietet Äthiopien Mangan, Gold, Platin und Edelsteine, sowie Erdöl und Erdgas. Äthiopien ist auch das Ursprungsland des Kaffees. Diese Tatsachen waren für das Gipfeltreffen offenbar besonders attraktiv. Als Prestigegrund für die regierenden Repräsentanten der materiell- und kapitalorientierten Industriestaate kam noch hinzu, daß Äthiopien zum Zeitpunkt des internationalen Treffens bereits eine 3000-jährige bekannte ununterbrochene Geschichte aufweisen konnte.

In neuerer Zeit modernisierte ein Kaiser das Land. 1.200 Jahre vor dem Crash ging das Kaiserreich unter.

Nach einem Bürgerkrieg kam die `Revolutionäre Demokratische Front der Äthiopischen Völker´ an die Macht. Sie regierte weitgehend sehr autoritär und eigensüchtig.

Auch die religiösen Zugehörigkeiten waren schon vor dem Cash unterschiedlich. Die wichtigsten Gemeinschaften waren und sind die äthiopisch-orthodoxen Christen, die Muslime und verschiedene evangelische Kirchen. Die äthiopischen Juden waren in den Jahren nach der Gründung des jüdischen Staates fast komplett nach Israel ausgewandert. Inzwischen sind wieder viele in ihre angestammte Heimat zurückgekehrt. Der Islam hat in Äthiopien eine mehr als tausend Jahre alte Geschichte. Seine kulturelle und historische Bedeutung ist darum mit der des Christentums vergleichbar. Der erste Kontakt des Islam mit Äthiopien fand schon zu Lebzeiten des Propheten Mohammed statt, als eine Gruppe von Muslimen im Jahr 615 nach Äthiopien floh und dort für mehrere Jahre Zuflucht fand. Schwerpunkte der äthiopischen Außenpolitik waren nach dem Kaiserreich die Beziehungen zu den Nachbarländern am Horn von Afrika und zu den internationalen Ländern, vor allem zu den Vereinigten Staaten von Nordamerika und den europäischen Mitgliedstaaten. China und Indien nahmen eine immer wichtigere Rolle ein. Zudem suchte das Land gute Beziehungen zu den arabischen Staaten, sowie zu der Türkei, zu Rußland und Japan. Dies alles unterschied unser Land von allen anderen afrikanischen Länder und bot damit repräsentative Voraussetzungen für ein solches Treffen.

Es war ein Alibi für die angeblich `guten Beziehungen´ zu den afrikanischen Ländern.

Die sogenannte Klimapolitik konzentrierte sich auf die Ausbeute der natürlichen Ressourcen. Dabei wurde die Lebendigkeit der Natur und ihre Gesetze aus rein ökonomischen Gründen zugunsten des Kapitalertrages ausgebeutet. Die damalige Realität der bitteren Armut der Bevölkerung wurde einfach außer Acht gelassen und vor der Öffentlichkeit verborgen. Eine Ursache der Armut war das hohe Wachstum der Bevölkerung in einem ländlich geprägten Umfeld. Es gab große Dürren, mit der Folge von Hungersnöten. Eine Verschlechterung der Situation infolge globaler Erderwärmung durch private und industrielle Abgase wurde nicht zur Kenntnis genommen. Die Bodenerosion, die Wüstenbildung, der Verlust an Biodiversität und wiederkehrende Überschwemmungen wurden von den Gipfelteilnehmern nicht beachtet, weil es den kapitalistischen Eigeninteressen nicht förderliche war. Die Landwirtschaft, die Wasserressourcen und die menschliche Gesundheit waren am stärksten negativ vom Klimawandel betroffen. Damals zählte Äthiopien zu den ärmsten Ländern der Welt. Schätzungsweise 49 Prozent der Bevölkerung waren auch in guten Erntejahren unterernährt.. Millionen Äthiopier waren auf Nahrungsmittelhilfe angewiesen. Ursachen des Hungers waren die genannten Dürren und Überschwemmungen, verschärft durch verbreitete Entwaldung und Erosion. Der Waldbestand ging auf drei Prozent der Fläche Äthiopiens zurück. Während Dürreperioden früher in Abständen von 25 bis 30 Jahren auftraten, kam es im letzten Jahrhundert vor der Naturkatastrophe in Abständen von zwei bis drei Jahren zu Dürren. Nahrungsmittel aus Gebieten mit Überschüssen in Äthiopien selbst, konnten wegen der schlechten Infrastruktur nur schwer in hungerbetroffene Landesteile transportiert werden. Die Abhängigkeit von auswärtiger Hilfe und ihre Folgen trugen ebenfalls ihren Teil zum Hungerproblem bei. Zugang zu sauberem Trinkwasser besaß nicht einmal jeder zweite Bürger. Um eine Wasserstelle zu erreichen, mußten die Menschen oft stundenlange Fußmärsche auf sich nehmen und in den großen Städten lebten mehrere Hunderttausend Straßenkinder."

Fast gleichzeitig reagieren Haluk, Pioxen, Alexis, Sahir und Igor überrascht und betroffen auf Adias Rede und erklären, dass es in ihren Ländern vor dem Crash ähnlich zugegangen sein muss, wie sie ebenfalls Berichten und alten Aufzeichnungen entnommen haben. Daniel stellt, ebenfalls sehr betroffen, fest: „Dann waren es die Menschen auf dem ganzen Erdenrunde selbst, die mit ihrer egozentrischen Habgier und Machtlust beziehungsweise mit ihrem blinden Gehorsam und ihrer Verantwortungslosigkeit gegenüber sich selbst und der Natur zur Zerstörung beigetragen haben." Der Feststellung folgt ein langes Schweigen.

Die Gastgeberin nutzt das Schweigen und schlägt eine längere Pause vor. Gerne nimmt jeder Einzelne diesen Vorschlag an, weil jeder die Zeit für sich alleine nutzen will, um das Gehörte und Erlebte zu verarbeiten.

Bei ihrem Rundgang während der vereinbarten Pause durch die Umgebung des Dorfes begegnen sich zufällig Haluk, Pioxen, Alexis, Sahir und Igor. Sie bestätigen sich gegenseitig ihre besondere Betroffenheit über die brutale Ausbeute der profit- und machthungrigen europäischen Kolonialherren und nordamerikanischen und japanischen egozentrischen Machtpolitiker vergangener Zeiten. Ihre gemeinsame Betroffenheit resultiert aus dem Gedanken, daß es auch ihren Heimatländern vor dem Crash ähnlich ergangen sein muss, wie dem afrikanischen Gastland, in dem sie gerade sind und über das Adia berichtet hat. Sie erkennen, der Zusammenbruch vor 128 Jahren hat zwar viele Menschen in den Tod gerissen und alles zerstört, was die Menschheit sich bis zu diesem Zeitpunkt aufgebaut und erarbeitet hatte, doch der russisch-orthodox orientierte Igor äußert sich dazu sehr nachdenklich:

„Da muss die Menschheit Gott vollkommen falsch verstanden haben, als er ihnen sagte: `Macht euch die Erde zu eigen´. Sehr schändlich sind die Menschen mit diesem Auftrag umgegangen. Wie ich in der Lernstube zu Hause gehört habe, gab es auch im großen russischen Reich eine Revolution gegen den herrschenden Zaren. Die Revolte endete mit dem Mord des Zaren und seiner Familie. Das kann nicht der Sinn von demokratischen Bestrebungen sein". Alexis sagt dazu: „Liebe Freunde, das war schon immer so. Selbst gut gemeinte Revolutionen endeten fast immer damit, daß die einen die anderen töteten und glaubten, damit eine Revolution erfolgreich durchgeführt zu haben. So schafften sich die recht einfältigen Revolutionäre nur Feinde, wie das bereits Kain fertigbrachte, als er seinen Bruder tötete. Das ist wohl das Schicksal der Menschheit bis zu dem Crash gewesen." Sahir reagiert darauf: „Vor allem macht es mich traurig und gleichzeitig wütend, wenn ich daran denke, dass es tausend und abertausend Landsleute in dem Riesenreich Indien zugelassen haben, sich ausbeuten zu lassen, bis Mahatma Gandhi sich diesem Volksgehorsam widersetzte. Das habe ich in meiner Lernstube erfahren."

Haluk und Pioxen wollen mehr über diesen Rebellen wissen. Alexis und Igor kennen die Gandhi-Geschichte und unterstützen den Inder bei seinem Bericht über den indischen Freiheitskämpfer und seinen Kampf gegen die Besetzung Indiens durch die ehemaligen englischen Könige.

Nach der Imbißpause berichtet Sahir noch einmal etwas von Gandhi. Die Südamerikaner berichten dann von Martin Luther King und seinem Kampf gegen die Rassendiskriminierung. Amadio erzählt von Nelson Mandela und seinem Engagement gegen die Apartheid in seiner Heimat, die dieser ohne Blutvergießen erfolgreich beendete. Daraufhin berichten Robert und Constantin von der friedlichen Revolution zur deutschen Einheit gegen Ende des zweiten Jahrtausends nach dem damaligen so genannten `Gregorianischen Kalender´.

Pioxen berichtet: „Auch in China gab es am Ende des 2.Jahrtausends n. Ch. eine friedliche Revolution der Studenten, die allerdings von den kommunistischen Machthabern brutal niedergeschossen wurde. Als Tian'anmen-Massaker wurde die gewaltsame Niederschlagung auf dem Tian´anmen-Platz (Platz am Tor des Himmlischen Friedens) der studentischen Demokratiebewegung bezeichnet. Inspiriert durch die arabischen Proteste, wurde in China unter dem Namen `Jasminrevolution´ am Beginn des 3. Jahrtausend - also etwa 120 Jahre vor dem Crash - wieder zu öffentlichen Protesten aufgerufen."

Die beiden Kanadier wollen mehr über den Kommunismus wissen. „Ich habe den Begriff schon oft gehört, doch kann ich mir darunter nicht viel vorstellen", formuliert Sofua seine Neugierde und Noah fragt: „War das eine Art Befreiungsbewegung, ähnlich wie die Friedensbewegung, wie ich das von Martin Luther King gehört habe?" „Das war der Kommunismus ganz bestimmt nicht" reagiert Pioxen fast amüsiert. Igor greift den Gedanken auf und erzählt den beiden Kanadiern, was er von diese „Bewegung", wie er es nennt, weiß: „Von meinem Großvater habe ich gehört, der Kommunismus war eine gesellschaftstheoretische Utopie. Sie suchte eine sozialer Gleichheit und Freiheit aller Menschen ohne privates Eigentum des Einzelnen. Alles sollte allen gehören. Mit ökonomischen und politischen Lehren sollte eine herrschaftsfreie und klassenlose Gesellschaft errichtet werden. Doch politische Parteien verfolgten das Ziel, die gesamte menschliche Gesellschaft zum Kommunismus zu überführen. Dabei kam es zu einem diktatorischen Herrschaftssystem. Das mächtigste war die so genannte Sowjetunion, deren Herrschaft sich über Osteuropa und den Kaukasus bis nach Zentralasien erstreckte. Mit ihren Verbündeten beherrschte sie etwa ein Fünftel der Erdoberfläche. In vielen dieser kommunistischen Parteidiktaturen kam es zu Massenvernichtung der `Gegner´.

Infolge seiner Machtausdehnung gewann der sogenannte Realsozialismus, wie der Kommunismus später genannt wurde, ein politisches Gegengewicht zu den marktwirtschaftlich ausgerichteten Ländern, speziell unter Führung des nordamerikanischen Staatenbündnisses."

Helmfried ergänzt: „Gegenüber dem europäischen Imperialismus und Kolonialismus hatten die Ideen des Kommunismus auch in vielen nicht industrialisierten Ländern Anhänger gefunden." Jetzt schaltet sich Rodolfo ein: „Besonders nach einer Revolution in Kuba in der Mitte des zweiten Jahrtausend griffen viele Befreiungsbewegungen die Ideen auf und entwickelten sie als Antiimperialismus für ihre eigenen Situationen weiter."

Verwundert und leicht empört meldet sich Constantin: „Revolutionen, die mit Mord oder neuen Formen der Diktatur enden, lassen sich wohl kaum als echte Befreiung und Demokratisierung bezeichnen. Was haben sich diese Aktivisten mit ihren Aktionen versprochen? Eine gesunde Demokratie war wohl nicht das Ziel dieser Revolutionäre oder waren es nur Rebellen?" Mit dem Satz spricht er aus, was alle in der Runde bei den vorgetragenen Berichten und Erzählungen empfinden. Dabei entsteht unter den `Colegios´ Unruhe, alle reden zur gleichen Zeit darauf los und keiner hört keinem mehr zu.

Mit buddhistischer Gelassenheit beruhigt Pioxen aus Hongcha mit Gesten und wortlos die Gruppe wieder. Daniel nutzt die Gelegenheit: „Es ist bestimmt nicht unser Anliegen, zu erfahren was die Revolutionäre oder auch Rebellen der Vergangenheit erreichen wollten. Doch die Berichte zeigen, daß es bereits in allen vergangenen Epochen Zeichen einer freiheitlich-demokratischen Haltung gab. Diese Haltung ist ein grundsätzlicher Wesenszug des Menschen. Sie ist keine Neuerfindung der Menschen nach dem Crash. Die Geschichte der Kriege, die mit Kain und

Abel begann, hat zwar seit vielen tausend Jahren bittere Grausamkeiten im Gepäck, doch sie hat ebenso viele Botschafter des menschlichen Miteinander hervorgebracht. Es sollte unsere Aufgabe sein, künftig ausschließlich diesen Botschaftern Gehör zu geben und zu verschaffen."

Vollkommen überrascht und erstaunt spricht Oliver seinen amerikanischen Landsmann und Freund an: „Du bist offenbar nicht nur Psychologe, sondern auch ein Poet, wenn ich dich so reden höre!" Adia fällt Oliver ins Wort: „Es macht wenig Sinn, nur darüber zu reden, was künftig zu tun ist, wir müssen handeln, so wie es die Männer und Frauen der ersten Stunden nach dem Crash gemacht haben". Ruandus schlägt vor, die nächsten beiden Tage des geplanten Zusammenseins zur „Planung der Zukunft zu nutzen", wie er es formuliert. Mit dem Gedanken trennen sich die `Colegios´. Den Abend wollen alle mit ihren jeweiligen `Herbergsfamilien, verbringen, wie sie die Familien nennen, bei denen sie vorübergehend Herberge gefunden haben.

8. 2.: Was ist? - Was kann werden?

Nachdem sich das `Colegio internationale´ während der ersten Tage in Agarun mit der Vergangenheit beschäftigte, wollen sich die fünfundzwanzig ab heute, dem fünfte Tag des Treffens, der Gegenwart und der Zukunft zuwenden. Etwas poetisch beginnt Paolo die Gesprächsrunde mit dem Satz der italienischen Pädagogin Maria Montessorie: „Alles, was in der Vergangenheit geschehen ist, mußte geschehen, damit die Gegenwart so ist, wie sie ist. Nutze also die Gegenwart, um die Zukunft zu gestalten".

Freudig überrascht reagiert Sahir auf diesen Satz und erzählt: „In der Talentstube meines Dorfes hörte ich zum ersten Mal etwas von dieser italienischen Ärztin. Sie soll Gast einer theosophischen Gesellschaft in unserem Land gewesen sein. In Indien soll sie auch das Prinzip der `Kosmischen Erziehung´ und den `Erdkinderplan´ entwickelt haben. Ihren Schülern soll sie immer wieder gesagt haben: `Nutze deine Vergangenheit, gestalte deine Gegenwart, meistere deine Zukunft. Das paßt zu dem, was du gerade gesagt hast." „Wie ich in unserer Lernstube erfahren habe, ist sie in den Niederlanden gestorben" erweitert Jasper das Wissen um die außergewöhnliche Frau und berichtet weiter: „Wie uns vermittelt wurde, war ihre Devise: `Was in der Vergangenheit schief gelaufen ist, kann in der Gegenwart begradigt werden, um die Zukunft zu meistern."

„Genau das soll künftig unser Thema sein", begeistert sich Igor. „Auf unsere Reise zu unserem Treffen vor zwei Jahren bei Robert und Constantin bin ich mit Pioxen und Sahir in Germanien in ein kleines Dorf mit dem eigenartigen Namen Bollewick gekommen.

Dort waren wir für drei Tage Gast einer Familie, die uns die sehr spannende Geschichte ihres Dorfes erzählte." „Auch die Familie selbst war interessant", unterbricht Sahir den Russen: „Die Mutter, der Vater und die drei Kinder sind viel mehr eine soziale Gemeinschaft mit sehr unterschiedlichen Persönlichkeiten, als eine traditionelle Familie". Pioxen ergänzt: „Ganz genau! Was wir in dieser Familie erlebten, entspricht auch der sozialen Gemeinschaft des ganzen Dorfes." „Was war denn in diesem Dorf so interessant und spannend?" fragt Enzo und drückt damit die Ungeduld aller in der Runde aus. Igor, der von seinen beiden Begleitern unterbrochen wurde, setzt seinen Bericht fort: „Schon der Name beschreibt den Charakter des Dorfes. `Bolle´ steht für `rund´ und `wick´ ist ein anderes Wort für Platz. So hat mir das der Sohn der Familie Schöneich übersetzt. Tatsächlich ist das Dorf rund." „Das heißt, die Häuser sind alle in einem großen Kreis gebaut und die einzige Dorfstraße ist als Spirale von der Dorfmitte zum Außenrand angelegt", wird Igor nochmals von Sahir unterbrochen und Pioxen ergänzt noch einmal: „In der Mitte ist eine riesengroße Scheune, in der das Dorfzentrum untergebracht ist." „Und diese Scheune ist das Besondere des Dorfes", setzt Igor seinen unterbrochenen Bericht fort: „Seit 1.600 Jahre hat das Dorf konstant 640 Bewohner und die größte Feldsteinscheune. In der 125 Meter langen und 34 Meter breiten Scheune waren während der Zeit des Sozialismus die 650 Kühe des Dorfes untergebracht. Jetzt ist in der Scheune das Dorfzentrum mit den üblichen Kultur- und Ausstellungsräumen und den Spiel-Lern- und Talentstuben untergebracht".

Erstaunt und mit dem Tonfall der Enttäuschung fragen Gero und Ricardo: „Was ist denn an diesem Dorf und der Familie Schöneich so besonders? Wie soll uns das helfen, jetzt begradigen zu können, was in der Vergangenheit schiefgelaufen ist?" Damit treffen die beiden die Stimmung einiger in der Runde. Robert, Constantin und Helmfried kennen das Dorf und die Besonderheit der kleinen Gemeinde. Sie bestätigen, was Igor, Sahir und Pioxen erzählen und erklären abwechselnd: „Schon vor 1.200 Jahren, also lange vor dem Crash, und nach dem Ende des Sozialismus im Osten Germaniens, faßten die Bürger den Entschluß, die Wärmeversorgung ihres Dorfes auf erneuerbare natürliche Energien umzustellen. Gemeinsam wurde die Idee geboren und mit zwei örtlichen Landwirten weiterentwickelt und umgesetzt. Auf dem Dach der Scheune ist eine Solaranlage mit fast 1.000 Quadratmetern Kollektorfläche installiert. Seit dieser Zeit versorgt ein 3.500 Meter langes Nahwärmenetz die Häuser des Ortes sowie die Scheune mit klimafreundlicher Wärme."

Nach kurzer Zeit will Haluk wissen, was Sozialismus ist und Adia fragt nach der Familie Schöneich? Sahir erklärt auf Adias Frage, daß er die Schöneichs nicht als typische Familie, sondern als eine Gruppe von fünf Erwachsenen erlebte, in der jeder seinen eigenen Weg gehen kann, ohne den anderen informieren zu müssen. Probleme und Situationen, die alle gemeinsam betreffen, werden in dieser sozialen Gemeinschaft so lange besprochen, bis alle zu einem, für jeden Einzelnen tragbaren Ergebnis gekommen sind.

Sahir beendet seinen kurzen Bericht mit dem Eingeständnis: „Auch in meiner Familie geht es mehr oder weniger demokratisch zu, auch wenn die Entscheidungen letztendlich doch immer noch das `Oberhaupt´, in unserem Fall, die Mutter, trifft." Etwas ausführlicher äußert sich Pioxen auf Adias Frage: „Randolf, der Sohn der Familie beschäftigt sich mit der Geschichte seines Dorfes. Er sagte mir, im Sozialismus, der lange Zeit auch in seiner Region im Osten Germaniens vorherrschte, gehörte allen alles. Zum Beispiel waren die 650 Kühe in der Scheune und das gesamte landwirtschaftlich nutzbare Feld das Eigentum aller. Niemand hatte dabei eine individuelle Eigenverantwortung, doch alle kontrollierten alle, jeder misstraute jedem. Es gab nur ein WIR und kein ICH-Empfinden in der sozialistischen Gesellschaft. Nach dem Zusammenbruch des Sozialismus, beim `Fall der Mauer´, wie er es nennt, vor 1.200 Jahren, leben die Bewohner von Bollewiek, nach seinen Worten, in einem sozialen Miteinander. So ergeben viele ICHs das WIR."

Constantin beobachtet, daß Pioxen nicht von allen gleich verstanden wird. Er schaltet sich ein: „Für sein erworbenes Eigentum ist jeder voll und alleine verantwortlich. Er nutzt sein privates Eigentum zunächst für sich selbst, also für sein ICH, darüber hinaus schafft er oder sie einen Überfluß, um damit der eigenen Umgebung bzw. der ganzen Dorfgemeinschaft, also dem WIR, zu dienen."

Adia hat verstanden und formuliert das, was alle anderen denken: „Dieses soziale Miteinander praktizieren wir doch schon seit 128 Jahren, also seit dem Crash."

Helmfried stimmt dem zu, sagt dann allerdings: „Wir machen das erst seit dem Crash, in Bollewiek wurde das bereits tausend Jahre vor dem Crash so gehandhabt. Damit waren und sind die Bewohner des kleinen Dorfes unbeabsichtigt und ungewollt schon lange vor dem Crash ein demokratisches Muster für alle anderen Dörfer erdenweit. Regina, die ältere Schwester von Randolf engagiert sich in der Lern- und Talentstube im Dorfzentrum. Sie bestätigte mir die Vorbildfunktion ihres Dorfes. Alle Dörfer in der Region hatten sich nach dem Ende des Sozialismus Anregungen geholt, die sie in ihren Dörfern umsetzten. So entwickelte sich langsam ein Demokratisierungsprozeß. Doch die damals moderne Technik, die Geldwirtschaft und der krankhafte Kapitalismus haben vieles erschwert, besser noch, im Laufe der Zeit kaputt gemacht, formulierte Regina am Ende ihre Bestätigung."

Robert berichtet der Runde weiter: „Ricarda, die jüngere Schwester erzählte uns, Bollewiek wurde von dem Crash größtenteils verschont und konnte so fortsetzen, was vorher bereits begonnen hatte. Bereits vor dem Crash gab es bei uns eine Form von Tauschhandel untereinander´. Vater und Mutter führten danach weiter aus: `Der Tauschhandel, so wie er heute generell gehandhabt wird, spielte sich damals nur unter den Dorfbewohnern ab. Fremde Besucher zahlten mit Geld. Dieses Geld kam in die Gemeindekasse, die für alle offen war." „Was heißt das?" wollen die Zuhörer in der Runde wissen. Helmfried antwortet: „Über die Verwendung des Geldes entschied nach Aussage der Schöneichs die gesamte Dorfgemeinschaft auf demokratische Weise".

Gero sinniert: „Das kleine Dorf hatte also bereits schon vor dem Crash demokratische Ideen und war bemüht, diese umzusetzen. Ich frage mich, was die anderen Dörfer und Städte daran hinderte, es diesem Bollewiek nachzueifern." Ricardo erwidert:: „Sicher waren es das Geld und die Macht, die durch das Kapital geschaffen wurde."

Adia will daraufhin wissen, was den Menschen dazu brachte und vielleicht auch jetzt noch bringt, dem Geld einen so hohen Wert zu geben, daß er seine natürlichen Lebensqualitäten und seine eigenständige Persönlichkeit opfert? Die beiden Juden erklären abwechselnd der übrigen Runde, daß es in der jüdischen Tradition seit Abrahams Zeiten Gesetz war und heute noch ist, Vermögen zu schaffen, um es den Nachfahren weitergeben zu können. Denn nach jüdischer Denkart lebt der Mensch nur in seiner Nachkommenschaft weiter. „Die christliche Botschaft vom Leben nach dem Tod war und ist den Juden fremd" beendet Gero die kurze Aufklärung. Ricardo fügt dem noch hinzu: „Wenn ein Jude kein Vermögen geschaffen hat, galt er ˋvon Gott bestraftˊ und fühlte sich schuldig".

Die Aufklärung löst ein leichtes Entsetzen in der Gruppe aus. Sahir drückt es mit wenigen Worten aus, was alle denken: „Um Demokrat zu sein, muss man demnach an ein Weiterleben nach dem Tod glauben." „Auch von Allah wird Ähnliches gesagt", reagiert Haluk auf diesen Gedanken. Pioxen bemerkt nachdenklich: „Jetzt begreife ich, was Buddha dazu brachte, die Existenz Gottes zu bezweifeln und von Nirvana zu sprechen".

„Was ist das?" will Igor wissen und erfährt, daß der Buddhist Nirvana erreichen will durch das Loslassen von allen an der Welt haftenden Bedingungen. Amadio schaltet sich mit großer Deutlichkeit ein: „Es bringt uns nichts, weiter in diesen religiösen Gedanken zu schwelgen, wenn wir herausfinden wollen, was schief gelaufen ist." Der Psychologe Daniel gibt zu verstehen: „Da hast du zwar recht, doch es ist möglich, daß der Umstand des Schuldigseins, also das Schuldgefühle, Menschen dazu bringen kann, sich mehr um Vermögen und Kapital zu kümmern als um ein natürliches humanes und demokratisches Leben. Ebenso kann das Gefühl von Minderwertigkeit einen Menschen veranlassen, sich mit Geld Macht zu verschaffen, um so seinem Leben einen Sinn zu geben."

Nach kurzem Bedenken meldet sich Helmfried: „Sowohl die religiösen als auch die psychologischen Hintergründe, die dazu führten, daß in der Vergangenheit einiges schiefgelaufen ist, haben schon ihren Sinn, doch hier und jetzt sollten wir uns darauf besinnen, was wir machen können, um die Zukunft zu meistern." Adia und die beiden anderen Afrikaner stimmen dem Einwurf mit Begeisterung zu und sprechen von der Gegenwart auf ihrem Kontinent. Seit achtzig Jahren kämpfen die Menschen in vielen Teilen des afrikanischen Kontinents gegen die Dürre durch Bewässerungsanlagen und Quellenbohrungen. Die Äthiopierin berichtet „Meine Vorfahren sprachen immer davon, daß es für uns als Binnenland vor dem Crash durch die sehr autoritäre Volksfront in Eritrea keinen Zugang zum Meer gab und wir somit keine Möglichkeit hatten, Meerwasser zu nutzen.

Mit der Auflösung der Ländergrenzen auf dem gesamten Kontinent ist das Problem gelöst. Wir können jetzt unsere Bewässerungsanlagen auch durch Meerwasser tränken." Die beiden anderen Afrikaner berichten abwechselnd darüber, daß durch die Auflösung der Landesgrenzen auch der Kolonialismus der europäischer Länder in Afrika und die Ausbeutung durch das

Großkapital beendet wurden. Ruandus fügt den gemeinsamen Aussage hinzu: „Von meinem Großvater weiß ich, daß der Demokratisierungsprozeß nach dem Crash eine schwere Sache war, weil niemand gelernt hatte, was Eigenverantwortung heißt. Die Männer und Frauen der ersten Zeit nach dem Crash waren mit Aufbau- und Aufräumerarbeiten so beschäftigt, daß sie sich darüber keine Gedanken machen konnten und auch nicht mußten. Erst mit der allmählichen Wiederherstellung eines normalen Daseins tauchten die Fragen und Probleme des neuen Zusammenlebens auf. In vielen kleinen Schritten entwickelte sich eine demokratische Pädagogik, wie wir das 124 n. Tc bei unserem zweiten Treffen im südamerikanischen Cincita bei Aida und Rodolfo zum Thema hatten."

Alexis berichtet, nachdem er lange Zeit nur Zuhörer war: „Nach unserem ersten Treffen vor sechs Jahren in Jechjahau in Israel habe ich mich zu Hause in Griechenland etwas mehr mit den alten Philosophen der Antike beschäftigt. Ich wollte wissen, was diese Alten zum Thema Demokratie zu sagen hatten. Bei Freunden und anderen Familien fand ich sehr viel Material. Besonders aufschlußreich war für mich, was Aristoteles im dritten Jahrhundert vor der Geburt Christi geschrieben hat. Nach Auffassung des gelehrten griechischen Philosophen sind für die Freiheit und damit für die Demokratie als Staatsform drei Voraussetzungen unbedingt erforderlich. Als Erstes nennt er die `Autonomia´. Das ist das altgriechische Wort für Autonomie. In einer Demokratie hat jeder im Volk Anteil am Gesetz, weil das Zustandekommen des Gesetzes persönliche und direkte Anteilnahme verlangt. Man gibt sich selbst eine Regel, und zwar nach dem, was man für gut erkannt hat. Als Nächstes schreibt er von der `Autochthonia´, dem altgriechischen Begriff für eingeboren. Damit will er sagen, das Volk solle alteingesessen und eingeboren sein. Der Fremde hat weniger Qualität. Als Drittes und Letztes fordert der Philosoph die `Autarkia´, also die Selbstversorgung. Er meint damit die vollständige Versorgung aus dem Eigenen und die Abwehr von fremden Waren und Dingen, die Abhängigkeiten bringen. Das steht für ihn im Widerspruch zur Freiheit und beeinträchtigt das freie Wachsen der eigenen Kultur. Aristoteles sagte, der Anfang aller Kultur sei Verzicht, und meinte damit den Verzicht auf das Nicht-Eigene."

In der Runde des `Colegio internationale´ herrscht Einigkeit darüber, dass der alte Philosoph mit seiner ersten These, also mit der Autonomia, vollkommen richtiglag. Nachdem die erste Generation nach der Naturkatastrophe mit dem Wiederaufbau beschäftigt war, hat sich die zweite Generation erdenweit darauf verständigt, als `Staatsform´ die Entscheidungsgewalt ausschließlich in überschaubaren Dorfgemeinschaften festzulegen. Nur so war und ist die Garantie gegeben, auch im Sinne Aristoteles die `Autonomia´ zu wahren, um erdenweit eine konsequente Demokratie zu leben. Auch mit der drittgenannten Bedingung, der Selbstversorgung gehen alle in der Runde im Zusammenhang mit der Regelung des Tauschhandels konform.

Gerade die menschenfeindliche weltweiten Geldpolitik und die totale Abhängigkeit der befremdenden Technik hat ein wirklich freiheitlich-demokratisches Miteinander unter den Menschen unmöglich gemacht. Mit der im altgriechisch zweitgenannten Autochthonia kann sich die international zusammengesetzte Runde nicht anreunden. Daß der Fremde weniger Qualität haben soll, widerspricht dem Anspruch eine internationalen Demokratie, die ohne Toleranz gegenüber dem Andersdenkenden nicht sein kann. In den vergangenen letzten hundert Jahren war die Offenheit gegenüber fremdem Denken eine enorme Erweiterung der eigenen Qualitäten. Alexis, der Grieche der Gegenwart, verteidigt seinen uralten Landsmann und Vordenker: „Die Welt von Aristoteles war noch klein. Es war eine Provinz im alten Griechenland. Natürlich muß das eigene ich dominieren, es muß geschützt und bewahrt werden. Dem Anderen, dem Fremden mit Offenheit zu begegnen war zu Aristoteles Zeiten eine Gefahr für die damals verstandene Form der Demokratie. So hat auch in den Jahrhunderten vor dem Crash der Sozialismus in einigen Ländern der Erde, wie uns Pioxen von Randolf Schöneich erzählte, demokratisches Denken unmöglich gemacht. Heute wissen wir, die Begegnungen mit dem Fremden in einem sozialen Miteinander schaffen die Erweiterung von der wir reden."

Adia weist darauf hin, daß der heutige fünfte Tag ein langer Tag war und jetzt zu Ende gehen soll, wenn sie am Abend noch eine kleine Weile im Dorfzentrum gemütlich mit einigen Dorfbewohnern zusammen sein wollen. Jasper stellt abschließend fest: „Über Geld, Kapitalismus und Ausbeutung haben wir heute sehr ausführlich gesprochen. In unserer heutigen Gesellschaft gibt es kein Geld mehr, politische Ländergrenzen gibt es auch nicht mehr und kapitalistische Machthaber sind ebenfalls verschwunden. Bleibt noch die Frage, was hat die Technik mit den Menschen vor dem Crash gemacht. Ich schlage vor, das machen wir morgen zum Thema." Mit dem Vorschlag findet der Niederländer die Zustimmung aller. Für heute hat das `colegio internationale´ genug gearbeitet. Der Abend soll der Gemütlichkeit dienen.

Total begeistert kommt Aida am sechsten und letzten Tag des Treffens in Agarun in die Runde und verkündet: „Wir haben uns vorgenommen, heute über das Problem Technik ins Gespräch zu kommen." Recht verwundert fragt Rodolfo: „Was begeistert dich denn bei diesem Thema so?". Aida erklärt, daß sie vor der Abreise nach Äthiopien alle Papiere und Schriftstücke, die ihre Vorfahren nach dem Crash in den Trümmern ihres Hauses gefunden und gesammelt haben, ungelesen eingepackt und mitgenommen hat.
„Bei meinen mitgenommenen Unterlagen für dieses Treffen habe ich Bruchstücke einer Tagebuchaufzeichnung gefunden, die offenbar ein Mensch geschrieben hat, der mit der damals

modernen Technik beruflich zu tun hatte. Ich habe nicht alles verstanden und hoffe, daß wir das heute gemeinsam herausfinden. Gestern Abend habe ich die Aufzeichnungen mehrmals abgeschrieben, damit jeder von euch lesen kann, was der Mensch damals geschrieben hat." Mit diesen Worten verteilt Aida die Abschriften.

Die Runde vereinbart eine Lesepause, damit jeder auf seine Weise in Ruhe lesen kann: „...*Heutzutage ist das Hauptwerkzeug der Kommunikation das Internet. Wir schicken damit mehrmals am Tag Nachrichten und Botschaften quer durch den ganzen Globus. Das rückt die Welt mehr zueinander.*

Die meisten Geschäfte werden übers Internet gemacht. Mittlerweile lernen sich Menschen mehr übers Facebook kennen, als in einer Disco, einer Bar, in der Schule oder beim Sport. Wir kaufen mittlerweile übers Internet ein und gehen nicht mehr ins Geschäft. Es ist billiger, einfacher und wird nach Hause geliefert.

Immer mehr Internet-Firmen übernehmen den Weltmarkt. Immer weniger Firmen übernehmen immer mehr Kontrolle über den gesamten Kommerz, entsprechend abhängig sind wir, ob wir wollen oder nicht.

Der Computer ist ein wichtiger Bestandteile der Gesellschaft. Notizen werden auf `Daten´ gesammelt. AllestWissen wird gespeichert. Das ist Toll! Aber gehe ich zur Bank und beantrage einen Kredit, wird das gesamte Wissen, das die Bank hat, genommen und der Zinssatz und das Risiko werden berechnet, ohne dass ich weiß, welches Wissen genutzt wird. Diese Datenspeicherung führt zu einem despotischen Weltbild.

Die Technik wird sich weiterentwickeln. Die Möglichkeiten die sich ergeben - positive wie negative - sind noch gar nicht erdacht. Mit dem Handy sieht man fast jeden herumlaufen und wie sie was damit machen.

Spielen, lesen, mit anderen Leute in Textform `reden´, nicht sprechen. Dabei achten sie weniger auf den Verkehr, auch nicht beim Straßenüberqueren. Das kann tödlich enden.

Die Menschen gehen immer unachtsamer mit ihren persönlichen Daten um. Fotos werden ins Internet gestellt, wo wir Party machen und besoffen rumlaufen, nur um der Welt zu zeigen, wie gut es uns geht. Beim Job-Suchen ist es aber nicht hilfreich wenn der Chef solche Bilder sieht. Und das ist nur ein harmloses Beispiel ... ."

„Besonders interessant ist das Datum. Die Aufzeichnungen wurden im Jahr 2018 n. Ch., also vor nunmehr 1.230 Jahren, geschrieben", bemerkt Rodolfo. Er will wissen, was ein Computer und ein Facebook sind. Bei einer Begegnung mit einem geschichtsinteressierten alten Mann hat Oliver in seinem nordamerikanischen Heimatdorf erfahren, was die beiden erfragten Begriffe bedeuten. Er hat das alles so gut verstanden, daß er jetzt sehr detailliert in der Runde erklären kann, was ein Computer ist und was mit Facebook gemeint ist.

Weil das längst Vergangenes ist, zeigt sich die Runde daran nicht besonders interessiert. Vielmehr wollen alle wissen, was sie mit den Tagebuchaufzeichnungen anfangen können. Der oft sehr kritische Niederländer Jaspers bemerkt dazu: „Da haben sich die Menschen mit ihrer eigenen Erfindung einen Diktator geschaffen und waren aus purer Bequemlichkeit bereit, sich von der Technik kontrollieren und diktieren zu lassen. So konnte es niemals zu einer gesunde Demokratie kommen."

Daniel ergänzt die Gedanken, indem er darauf hinweist, daß nur wenige, vor allem in der damaligen USA residierenden Firmen, den gesamten erdenweiten Markt beherrschten. „Wie ich einem Bericht in einer alten Zeitung entnehmen konnte, waren diese Firmen auch eng mit den Geheimdiensten und dem Militär verbunden. So beherrschten nur wenige die gesamte Menschheit", beendet er seinen Beitrag.

„Und die Menschen haben sich aus purer Bequemlichkeit beherrschen lassen" reagiert Haluk leicht verärgert. Die drei afrikanischen Gastgeber spüren den aufkommenden Ärger in der

Runde und beruhigen die Atmosphäre mit dem Hinweis auf den Montessorie-Satz:

„Was in der Vergangenheit schiefgelaufen ist, kann in der Gegenwart begradigt werden, um die Zukunft zu meistern." „Ganz recht", freut sich Pioxen und fährt fort: „Außer der Kommunikationstechnik, die sicher auch Vorteile hat, wie wir den Aufzeichnungen entnehmen können, gibt es bestimmt auch Formen der Technik, die wir künftig zum Nutzen aller gebrauchen können. Laßt uns vielmehr darüber reden." Über einen so langen und klugen Satz ist die gesamte Runde erstaunt und spendet dem Chinesen Beifall, der dem Buddhisten peinlich ist. Weil Enzo zu einer Geburtstagsfeier in seiner Gastfamilie eingeladen ist, beendet die Runde den heutigen `Arbeitstag´ bereits am Mittag. Sie nehmen sich vor, das Thema Technik am nächsten und letzten Tag ausführlicher zu bearbeiten.

Für Enzo war es gestern ein langer Abend. Darum hat er heute verschlafen. Weil er doch noch pünktlich bei den anderen sein will, rennt er die Treppe zum Beratungszimmer im Zentrum nach oben. Er stolpert dabei über eine Stufe und verletzt sich so, daß er den ärztlichen Dienst des Dorfes in Anspruch nehmen muß. Das ist Anlaß für die gesamte Runde, sich mehr mit dem Gesundheitswesen als mit der Technik zu beschäftigen.

Bei dem Crash gab es nicht nur Überlebende und Tode sondern auch Verletzte. Glücklicherweise haben auch Ärzte und Pflegepersonal überlebt. So entstand bereits in den ersten Stunden nach dem totalen Zusammenbruch ein dichtes Netzwerk von Krankenstationen. Viele Ärzte, Pflegerinnen und Pfleger haben ihr Können und Wissen weitergegeben. Bereits ab der zweiten Generation gab es auf diese Weise neben den örtlichen Krankenstationen in den Dorfzentren auch in allen Regionen medizinische und psychologische Ausbildungseinrichtungen. Ruandus stellt fest: „Wenn wir uns schon mit Technik beschäftigen wollen, halte ich es für sinnvoll, uns die Frage zu stellen, ob es im Gesundheitswesen eine zweckdienliche und hilfreiche Technik geben kann." Daniel weist darauf hin, daß viele körperliche Unpäßlichkeiten psychische Ursache haben. Er sagt: „Die Verantwortung des Einzelnen, die das demokratische Leben garantiert, sorgt dafür, dass es nur selten zu Krankheiten und Unfällen kommt". Mit einem Schuß Humor entgegnet Enzo: „Das stimmt. Wenn ich es verantwortet hätte, heute etwas später zu kommen".... „....müßtest du jetzt nicht humpeln" lacht Daniel.

Ruandus bleibt ernst und fragt in die Runde: „Wie gehen wir künftig mit Krankheit und mit Behinderung um? Können die Ärzte in den Krankenstationen der Dörfer zum Beispiel erforderliche Operationen durchführen. Braucht es dazu nicht auch eine Form von Technik, um beim Thema zu bleiben." Amadio aus Südafrika erweitert die Frage: „Was können wir von der alten Gesellschaft lernen und künftige in die neue Gesellschaft übernehmen?" Adia gibt ihren beiden afrikanischen Mitgastgebern zu bedenken, daß gerade in allen afrikanischen Ländern schon vor dem Crash die „technische Medizin" wie sie es nennt, viel weniger genutzt wurde, als viel mehr die „Kunst der traditionellen afrikanischen, meist leseunkundigen Heiler". Die anderen Freunde in der Runde informiert sie, daß fast alle Heiler überlebten, weil sie meist in armseligen Hütten oder unter freiem Himmel in den Wäldern lebten.

„Die Heiler habe ihr Können an ihre Kinder und Kindeskinder weiter gegeben, sodaß wir heute noch deren Heilkunst nutzen können. Darum praktizieren die Ärzte und Pfleger in allen Krankenstationen unserer Dörfer diese traditionelle Heilkunst."

Auf die Frage, was das besondere dieser Heiler ist, erklärt sie: „Die afrikanischen Heiler unterscheiden `natürliche Krankheiten´, die durch Parasiten, Wetterumschwünge, Gift, Miasmen oder Unfälle hervorgerufen werden, von solchen, die durch zauberkräftige Menschen, Götter oder Geister erzeugt werden. Sie gehen davon aus, daß niemand ohne ausreichenden Grund krank wird. Die Suche der Heiler nach dem verursachenden `Wer´, steht vor der Suche nach dem `Was´, und die Antworten darauf stammen aus dem kosmologischen Glauben des Volkes. Auf diese Weise ist das eine sehr demokratische Medizin, denn der `Kranke´ ist für seinen Zustand selbst verantwortlich, also auch für seine Heilung."

Aida und Rodolfo, die beiden Südamerikaner sind überrascht und erfreut über das, was sie von den Afrikanern hören. Auch auf dem südamerikanischen Kontinent wurde ausschließlich die alte traditionelle Heilkunde der indianischen Urbevölkerung übernommen. „Was in Afrika Heiler genannt wird, nennen die Indianer Medizinmann. Und ich höre, es gibt viele Gleichheiten zwischen der afrikanischen und der indianischen Heilkunst in Nord- und Südamerika", stellt Daniel fest. Er ergänzt seine Feststellung: „Der Medizinmann ist im ursprünglichen Sinne der Begleiter der amerikanischen Indianer beim Umgang mit deren Medizin, nämlich der Kraft aus dem Kontakt mit geistigen und natürlichen Wesen."

Die beiden Südeuropäer Paolo aus Italien und Joan aus Spanien werden bei den Aussagen des nordamerikanischen Psychologen neugierig. Sie wollen wissen, ob Medizinmann und Schamane das Gleiche ist. Aidas Antwort auf diese Frage entwickelt sich zu einem kleinen Vortrag: „Seit einigen Jahren sind in allen südamerikanischen Heilstationen, die ihr hier fälschlicher Weise Krankenstationen nennt, Schamanen unsere Ärzte. Auch sie überlassen die Verantwortung für die Heilung dem, der sie braucht und anstrebt. Somit tragen sie zu dem bei, was gerade `demokratische Medizin´ genannt wurde. Darum nennen wir die Einrichtungen, in denen die Schamanen aktiv sind, Heilstationen, weil die Heilung gepflegt wird und nicht die Krankheit. Schamanismus ist Bestandteil vieler Religionen. Er findet sich auch in buddhistischen und islamischen Kulturen.

Im ursprünglichen Sinne sind Schamane spirituelle Spezialisten. Schamane ist ein Begriff für ganz unterschiedliche spirituelle, religiöse oder rituelle Spezialisten."

Nach einer kurzen Pause meldet sich Pioxen: „Unsere Mediziner sind Heiler, Medizinmänner und Schamanen in einer Person. Die chinesische Medizin umfaßt die heilkundliche Theorie und Praxis der Medizin in China in der Tradition chinesischer Heilkunde. Diese Heilkunde schließt das ein, was hier als spirituell oder auch religiös genannt wurde."

Sowohl der türkische Haluk als auch der griechische Alexis berichten, daß die `Chinesische Medizin´ auch in ihren Ländern seit mehr als dreieinhalbtausend Jahren praktiziert wird. Neben der erwähnten spirituellen Basis der bisher beschriebenen Methoden kommt noch die spezielle chinesische Arzneimitteltherapie hinzu.

Die Kanadier Sofua und Noah berichten, dass auch in ihrer Heimat schon lange vor dem Crash die chinesische Medizin praktiziert wurde und jetzt ausschließlich genutzt wird. Oliver und Daniel bestätigen, auch in Nordamerika ist diese Medizin bekannt und wurde schon vor dem Crash gelegentlich genutzt.

Helmfried will wissen, was die chinesische Arzneimitteltherapie ist. Pioxen antwortet: „Die chinesischen Arzneimittel haben einen natürlichen Ursprung. Hauptbestandteile sind pflanzliche Mittel, doch auch mineralische oder tierische Arzneien werden genutzt. Von ausgewählten Pflanzen werden unterschiedliche Teile verwendet: Samen, Wurzeln, Rinden, Äste, Zweige, Stängel, Blätter, Blüten und Früchte. Etwa 1.892 Arzneimittel werden aus der Natur genutzt." Haluk und Alexis wissen noch, daß Akupunktur, Massagen wie Tunia Anmo und Shiasu sowie Körperübungen wie Qigong und Tai-Chi weitere `Techniken´ der Heilkunde aus China sind.

Bis zum Stand dieses Gesprächs am letzten Tag in Agarun sind Sahir und Igor stille Zuhörer. Jetzt meldet sich Sahir. Er informiert die Runde, daß in seiner Heimat vor allem Ayurveda als Heilmethode genutzt wird. Wörtlich erklärt er: „Ayurveda ist ein Wort aus dem Sanskrit und bedeutet Lebensweisheit. Diese Heilmethode hat, ähnlich wie die bisher beschriebenen Techniken, einen holistischen Anspruch. „In Rußland war und ist Ayurveda auch eine häufig praktizierte Heilkunde", unterstützt Igor den Inder.

Sahir erklärt: „Unsere indische Heilkunde beinhaltet Massage- und Reinigungstechniken, eine intensive Ernährungslehre, eine spezielle Yogapraxis und eine leicht verständliche Pflanzenheilkunde." Igor nennt dann noch drei Lebensprinzipien: „Wind und Luft als Bewegungsprinzip, Feuer und Wasser als Stoffwechselprinzip sowie Erde und Wasser als Strukturprinzip. In der Runde sind sich alle einig, daß auch diese Heiltechnik zur „demokratischen Medizin", wie sie es nennen, gehört, weil auch bei den drei Prinzipien die Eigenverantwortung des Einzelnen in besonderes Weise gefordert wird.

Nach einer kurzen Mittagspause in der nur für einen kleinen Imbiß Zeit war, setzt Robert das unterbrochene Gespräch vom Vormittag fort. Er stellt zuerst fest, daß die besprochenen Heilmethoden bereits vor dem Crash gute Beispiele demokratischen Denkens waren. Dann sagt er weiter: „Daß nach dem Crash diese Heilverfahren vermehrt in den Dörfern praktiziert werden, macht allerdings die modernere und wissenschaftlich erforschte Heilbehandlung nicht überflüssig. Vor allem dann, wenn eine Operation notwendig ist oder eine angeborene beziehungsweise erworbene Behinderung ärztliche Hilfe erforderlich macht. Dabei kann die moderne medizintechnische Apparatur sehr hilfreich sein."

Constantin unterbricht und weist darauf hin, daß die Kräutermedizin auch im ehemaligen Deutschland eine Rolle spielte und jetzt in den germanischen Dörfern immer noch bevorzugt genutzt wird. Er fährt fort: „Vor zweitausend Jahren lebte in einem Kloster im ehemaligen Bingen eine Nonne namens Hildegard. In einem Buch schreibt die Nonne über die Eigenschaften und Wirkungen von Kräutern, Bäumen, Edelsteinen, Tieren und Metallen. Ein Exemplar dieses Buch hat mein Großvater nach der Zerstörung gefunden. Im Zentrum unseres Dorfes ist es die Basis der Arbeit unseres medizinischen Dienstes." Robert bestätigt die Aussage über diese Hildegard von Bingen, weil in seinem Elternhaus auch ein solches Buch bewahrt wird. Trotzdem behauptet er, daß auch die Medizin der weisen Nonne eine moderne medizinische Apparatur nicht ersetzen kann. Constantin erwidert: „Da gebe ich dir gerne recht, doch ihre Kräuterphilosophie hat sie der griechischen Tradition der Volksmedizin entnommen und sie ist für den Laien gut zu gebrauchen. Sie sorgt dafür, daß der Mensch eigenverantwortlich seiner Gesundheit dienen kann. Heilsames Wissen dient also nicht in erster Linie der Wiedergenesung nach dem Kranksein, sondern der Bewahrung der Gesundheit. So heißt es bei Hildegard: `Drei Pfade hat der Mensch in sich, in denen sich sein Leben tätigt, die Seele, den Leib und die geistige Haltung.´ Nur wenn diese drei Aspekte der Lebensführung ausgewogen beachtet werden, bleibt der Mensch gesund."

Besonders Alexis und Daniel freuen sich über die Aussage. Alexis freut sich, weil seine griechische Volksmedizin erwähnt wird. Daniel sieht in den drei Pfaden seine Haltung bestätigt, Kranksein hat immer etwas mit der Psyche zu tun und kann nur durch den Betroffenen selbst eigenverantwortlich überwunden werden.

Nachdem Jasper hörte, daß die Vorfahren der beiden Deutschen medizinische Bücher gefunden haben, fällt ihm ein, daß unter den Trümmern des Elternhauses in den Holland auch ein ähnliches Buch gefunden wurde.

Er berichtet davon: „Es ist ein Buch in deutscher Sprache mit dem eigenartigen Titel: `Blumen, die durch die Seele heilen´, geschrieben von dem englischen Arzt Eduard Bach. Der Mann war bestrebt, daß alle Menschen sich selbst heilen können. Er nutzte dabei die Energien verschiedener Blüten. Seine Methode wurden unter dem Begriff `Bachblüten-Therapie´ bekannt. Was das ist, habe ich noch nicht so ganz begriffen. Auf der Seite 103 seines Buches scheibt er unter der Überschrift `Heal thyself´ - zu Deutsch. `Heile dich selbst´ daß die moderne Medizin sich mehr mit der Wirkung von Krankheit beschäftigt, als mit der Ursache. Das mag sein, doch ich verstehe das nicht". Hocherfreut schaltet sich Daniel ein: „Als psychotherapeutischer Berater habe ich mich mit der Bachblütentherapie beschäftigt. Den von dir genannten Artikel habe ich immer bei mir. Darum kann ich einen Auszug vorlesen, dann wirst du, werdet ihr, den englischen Arzt besser verstehen." Daniel kramt ein wenig in seinen Unterlagen, findet den Artikel und liest ein paar Sätze vor: „Bach schreibt, `Krankheit ist dem Wesen nach die Auswirkung von tiefliegenden Konflikten zwischen der Seele und dem Denken. Sie kann nur durch spirituelle und mentale Bemühungen ausgemerzt werden.´(*) Das heißt, daß nur der Kranke selbst sich heilen kann. Das nenne ich auch `demokratische Heilkunde´, wie das gerade formuliert wurde."

Nach dem letzten Beitrag zur demokratischen Medizin macht Pioxen die Gruppe darauf aufmerksam, daß der letzte Tag ihres Treffens in Äthiopien langsam zu Ende geht. „Eigentlich wollten wir über die Technik und die Abhängigkeit davon in der Gesellschaft vor dem Crash reden. Jetzt sind wir bei der `Technik der Medizin´, besser gesagt, bei Methoden der natürlichen Gesundheitspflege angekommen. Das finde ich gut. Wenn wir uns in zwei Jahren bei mir in Hongcha wieder sehen, sollten wir das Thema weiter verfolgen". Adia schlägt vor, den Gedanken der demokratischen Heilkunde in den Heimatdörfern noch mehr bekannt zu machen: „Es ist gut, wenn in allen Dörfern erdenweit alle diese

bekannten und schon erprobten Methoden der natürlichen Heilkunde praktiziert werden und die moderne Technikmedizin nur
in besonderen Ausnahmefällen zum Einsatz kommt". Daniel faßt
zusammen: „In der Pflege und Wahrung der eigenen Gesundheit
zeigt der Mensch am deutlichsten seine demokratische Haltung".

Der Gastgeber des nächsten Treffens verabschiedet sich mit den
Worten: „Wir werden in zwei Jahren erfahren, welchen Weg die
`demokratische Medizin´ in den Dörfern erdenweit gefunden
hat. Mit Sicherheit werden auch andere Formen der Technik entwickelt, die den kommenden Generationen das demokratische
Denken und Handel immer leichter machen". Auch die anderen
verabschieden sich. Am Abend sind sie alle Gäste ihrer Gastfamilien in Agarun. Am nächsten Tag beginnt die Heimreise.

9. Die Technik und die Streitkultur

Wie die Freunde des `colegio internationale´ bereits bei ihrem Treffen in Äthiopien ahnten, haben Fachleute verschiedener Richtungen Techniken neu entdeckt und genutzt. So haben aufmerksame Tüftler in Kanada bereits zu der Zeit, als Sofua und Noah auf der Reise nach Agarun 128 n. Tc. waren, mit dem Bau eines Flugzeuges begonnen. In alten Aufzeichnungen von Bertrand Piccard, einem Psychiater aus der Schweiz, haben die Ingenieure und Techniker Anleitungen für den Bau eines Solarflugzeuges gefunden. In diesen Aufzeichnungen ist zu lesen: `Die Vision ist es, ein Bewußtsein für aktuelle Herausforderungen der Menschheit zu schärfen, nämlich die Umstellung der Wirtschaft auf erneuerbare Energien, um unabhängig von den begrenzten fossilen Ressourcen zu werden.´ Nach den Anleitungen und Anregungen dieser ersten Flugzeug- ingenieuren wurden in fast allen Ländern kleine Flugzeuge gebaut, mit denen zehn bis zwanzig Personen gleichzeitig fliegen konnten.

Im Heimatdorf von Daniel und Oliver, haben Mechaniker ein Elektroauto wieder flottgemacht, als die beiden ebenfalls in Äthiopien waren. Das Auto wurde in den Trümmern eines der dreißig Dörfer gefunden, die zusammen einmal New York waren. Vor allem haben Techniker mit der Kraft von Wasser, Luft und Sonne erdenweit Stromanlagen geschaffen, die alle Dörfer mit Strom versorgten. Damit wurde erdenweit auch ein Netz von Ladestationen für Autos eingerichtet. So konnten im Laufe der Zeit auch in anderen Regionen auf allen Kontinenten ähnliche Elektroautos wieder flott gemacht oder neu gebaut und in Betrieb genommen werden. Die Einrichtungen der Autostationen, in denen die Autos gebaut, in Betrieb genommen und vermietet werden, unterhalten im Tauschhandel die Bewohner der Dörfer, die in den entsprechenden Regionen miteinander verbunden sind. Für jedes Dorf sind je nach Größe fünf bis acht Autos in

Betrieb. Die Verwaltung und Organisation der Einrichtungen erledigen Beauftragte der Dörfer, die jedes halbe Jahr abgewechselt werden. Diese Regelung dient dem demokratischen Charakter.

Ähnlich ist das auch auf Völkerebene mit dem Bau und der Inbetriebnahme der Flugzeuge organisiert. Die Flugzeugeinrichtungen werden von allen Bewohnern der Dörfer unterhalten, die in den entsprechenden Völkergruppen liegen. Auf diese Weise wird eine Monopolisierung durch Eigentümer, wie das in der alten Gesellschaft üblich war, unmöglich gemacht. Damit die Demokratie nicht gefährdet wird, haben sich die Dörfer aller Länder darauf einigen können, daß in jedem Land auf der Erde höchsten in drei Völkergruppe je eine Einrichtung installiert ist.

Als Igor 128 n. Tc. vom Treffen des ʼcolegio internationale in Äthiopien zurück in sein russisches Heimatdorf kam, wurde er mit einer technischen Neuheit überrascht. Ingenieure und weitere spezielle Fachleute entdeckten, daß der Crash unterirdische Kabelanlagen und Kabelnetze unter Wasser nur stellenweise zerstört hat. Telefonsatelliten, die um die Erde kreisen, wurden gar nicht beschädigt. Die Sende- und Empfangsanlagen für die Funkverbindungen waren nicht mehr vorhanden. Die Telefonspezialisten installierten neue Sende- und Empfangstürme und reparierten die unterirdischen Kabelanlagen. Sie hatten damit wieder ein Telefonnetz über das riesengroße Land gespannt. So konnten sich die Menschen in allen Dörfern per Telefon untereinander verständigen, Informationen austauschen und Verabredungen treffen. Im Laufe der letzten zwei Jahre wurden in jedem russischen Dorf Telefonstationen eingerichtet, in denen mehrere Telefonanlagen gleichzeitig genutzt werden können.

Ein halbes Jahr vor dem nächsten Treffen des ʼcolegiosʼ 130 n. Tc. haben die Spezialisten damit begonnen, das Netz international zu erweitern. Auf Anregung von Igor haben die Fachleute

mit Hilfe von neuen Funkanlagen und erneuerten Unterwasser-
kabeln zunächst eine Verbindung nach China geschaffen, wo das
nächste Treffen vereinbart wurde. Sie nutzen dabei das System
der Satelittentelefone, das bereits in der alten Gesellschaft funk-
tionierte und mit dem ohne erdgebundene Infrastruktur bereits
damals telefoniert wurde.

Eine Nebenwirkung der wissenschaftlichen Vorarbeit für die
technischen Neuheiten ist, dass die Bewohner der Dörfer ihre
Energieversorgung durch Wind- und Wassermühlen und Sola-
ranlagen selbst gestalten können. Somit ist die Energie-Versor-
gung die Sache eines jeden Dorfes. Mehrere Dörfer einer Region
können sich, nach jeweiligen Dorfentscheidungen, zusammen-
schließen. Die Lebendigkeit des Planeten Erde, die sich durch
Wasser, Luft und Sonne zeigt, kann dabei mit der eigenen individuellen Lebendigkeit jedes einzelnen Dorfbewohners im Ein-
klang sein.

Nach 130 Jahren Tauschhandel in der geldlosen Gesellschaft
ist die `Finanzierung´ der beschriebenen Technikeinrichtungen
unkompliziert. Die erforderlichen Materialien sind Tauschmittel
der `Lieferanten´, die sich damit die Nutzung der Einrichtungen
erwerben. Zum Beispiel bieten Landwirte regelmäßig einen Teil
ihrer Ware oder Möbelbauer liefern Möbel an die Einrichtungen.
Die Mitarbeiter der Einrichtungen werden damit versorgt. Dafür bekommen die Landwirte oder Möbelbauer als individuelles
Tauschmittel Gutscheine, die nur persönlich und nur für einen
bestimmten, abgesprochenen Zweck genutzt werden können. Die
Mechaniker, Techniker, sonstige Bauarbeiter und Dienstleister
aus den Dörfern des Landes, in dem zum Beispiel der Flugzeug-
bau und der dazu gehörige Flughafen eine Einrichtung ist, entwickeln beim Tauschhandel mit den Nutzern der Einrichtungen
sehr viel individuelle und oft ausgefallene Ideen und Phantasien.
Fachleute anderer Einrichtungen, wie Autohäuser und Telefonanlagen, entwickeln ähnliche geldlose Systeme und Strukturen.
Die Tausch-Regelung macht es unmöglich, Gutscheine unter-

schiedlicher Einrichtungen als 'Kapital' zu sammeln oder auszutauschen, wie das in der 'alten Gesellschaft' mit Geld gehandhabt wurde. Die Geldansammlungen in der vorangegangenen Epoche waren die Basis für Macht und vor allem für den Machtmißbrauch gegenüber den Geldlosen.

Die Wiederentdeckung der technischen Hilfsmittel im Transport- und Kommunikationswesen und damit auch der Elektrizität erfolgte gleichzeitig vielerorts auf der Erde. Sie bietet auf dem gesamten Planeten weitere und größere Möglichkeiten der Begegnung. Der Gedanken- und Erfahrungstausch ist größer und intensiver. Ihre demokratisch-tolerante Haltung bereichert die Menschen durch die unterschiedlichen Traditionen und Rituale fremder Kulturen. Das Fremde wird nicht als Gefahr, sondern als Bereicherung erlebt.

Frauen und Männer finden so Partnerinnen und Partner aus unterschiedlichen Dörfern. Häufig verlassen sie das Dorf ihrer Vorfahren, um in anderen Dörfern, oft sogar in einer anderen Völkergruppe, manchmal sogar in einem anderen Land, ihre Existenz aufzubauen. Oft werden auch mit anderen Paaren gemeinsam neue Dörfer gegründet. Gleichgeschlechtliche Partnerschaften sind zur Selbstverständlichkeit geworden.

Die Dorfgemeinschaften achten überall darauf, daß die Zahl der Dorfbewohner die Überschaubarkeit nicht gefährdet. So bleibt in den Dörfern auf dem gesamten Erdenkreis der demokratischer Entscheidungsprozeß möglich.

Natürlich geht es auch in der neuen Gesellschaft nicht immer nur friedlich zu. Hin und wieder kommt es zu heftigen Auseinandersetzungen, die nicht immer damit enden, daß die beide Streitenden, Einzelpersonen oder auch Gruppen, Gewinner sind. Es kommt auch jetzt noch vor, daß Aggressionen nicht mehr durch die bremsende Angst in Schach gehalten, und so zu einem zerstörerischen Element werden.

Weil es solche Situationen in fast allen Dörfern immer mal wieder gibt, haben die Dörfer mehrere besonders vertrauens- und glaubwürdige Bewohner ausgewählt, die in solchen Situationen abwechselnd, als Mediatoren aktiv werden. In Ausbildungsstätten für Sozialpädagogen und Heilpraktiker, wie sie vor Jahren zuerst im italienischen Triest, später auf allen Kontinenten eingerichtet wurden, werden Ausbildungslehrgänge für Aggressions- und Konflikttrainer angeboten. Die ausgewählten Personen absolvieren mit Unterstützung ihres Dorfes solche Kurse. Nach dem Besuch der Lehrgänge bemühen sich die `Ordnungshüter´ um die Schlichtung kriegsähnlicher Streitereien zwischen Dorfbewohnern oder auch Gästen aus anderen Dörfern.

Um das Prinzip der Demokratie zu beachten, ist die Aufgabe der Ordnungshüter nicht mit einem Amt verbunden, wie das in der alten Gesellschaft mit dem Amt des Polizisten geregelt war. Berichten in alten Zeitungen ist zu entnehmen, dass sich das Polizeiwesen zu einer eigenen Machtstruktur entwickelte, das einer gesunden demokratischen Haltung widersprach. Darum wählen die Dorfbewohner immer mehrere Personen als Ordnungshüter, die sich in einem regelmäßigen zeitlichen Rhythmus abwechseln. Während ihrer `Amtsperiode´, in der Regel ist das jeweils ein halbes Jahr, achten sie darauf, dass das Privateigentum der Bewohner nicht zu kapitalistischem und machtvollem Handeln verführt. In solchen Fällen ist es ihr Anliegen, die Betreffenden auf ihr antidemokratisches Fehlverhalten aufmerksam zu machen. Bei Unfällen jeglicher Art sind die Ordnungshüter bei der Regelung der Verantwortlichkeit behilflich. Während ihrer Ausbildung haben sie erfahren, dass es aufgrund psychischer Störungen auch zu Fehlverhalten, wie übertriebenem Besitzdenken oder fehlgeleiteten Machtansprüchen, kommen kann. Ohne jegliche Form von Gewalt auszuüben, ist es ihre Aufgabe, den betroffenen Personen ihr ungesundes Verhalten bewußt zu machen, damit die psychischen Ursachen von psychologischen Fachkräften erkundet und beseitig werden können.

Weil es das kapitalorientierte und machtpolitische Denken und Handeln nicht mehr gibt, gibt es auch keine Kriege mehr. Doch der Friede darf nicht `friedlich´ sein, nur um krankhaftes Harmoniebedürfnisses zu fördern. Auch die demokratische Gesellschaft kann und darf nicht konfliktfrei sein. Gegensätzliche Bedürfnisse müssen zu Auseinandersetzungen führen, um die persönliche Einmaligkeit zu erhalten. Konflikte werden so lange ausgetragen, bis beide Gewinner sind.

In den Spiel-Lern- und Talentstuben der Dorfzentren bieten besonders ausgebildete Sozialpädagogen speziellen Konflikt- und Steinkultur-Übungen an. Es geht nicht darum, alle Menschen zu lieben, doch ihre Würde und Persönlichkeit zu achten. Dabei muß destruktives oder zerstörendes Verhalten radikal benannt und darf nicht akzeptieren werden. In kurzen Sätzen zusammengefaßt, heißt das, „Ich achte dich, doch nicht dein ungesundes Verhalten" und „Die eigene Macht zum Nutzen aller gebrauchen, sie nicht zum Eigennutz mißbrauchen, ähnlich wie ein Messer zum Töten oder zum Brotschneiden genutzt werden kann".

10. Die Philosophie der Demokratie

Mit einem Flieger, der die Energie der Sonne nutzt, sind Sofua und Noah aus Kanada auf dem Flug nach Europa, um von dort zum nächsten Treffen des 'Colegio internationale' nach Hongcha an der Südküste Chinas zu gelangen. Oliver und Daniel sind ebenfalls auf dem Weg zum Treffen nach China. Sie haben sich Mitte September im Jahre 130 n. Tc. ein Elektroauto gemietet, um von ihrem Heimatdorf zum Hafen an Nordamerikas Ostküste zu fahren. Von dort kommen sie mit einem Schiff auf das europäische Festland.

Aida und Rodolfos Dorf Cincita liegt direkt am Rio de la Plata, an der Ostküste Argentiniens. Sie nutzen wieder den Dampfer, mit dem sie vor sechs Jahren nach Jechjahau in Israel kamen. Dort trafen sich die 25 Männer und Frauen zum ersten Mal. Zwei Jahre später, also im Jahre 124 n. Tc. haben sie in Cincita, gemeinsam das Colegio geschaffen. Inzwischen ist es zu einer erdenweit anerkannten Einrichtung geworden, die sich zur Aufgabe gemacht hat, die Demokratie zu behüten und zu bewachen. Es hat keine Ordnungsgewalt, sondern dient der Information, dem Erfahrungsaustausch, der Aufklärung und der Warnung vor antidemokratischen Tendenzen. Die 'Colegios' treffen sich in diesem Jahr auf Einladung von Pioxen in China zum fünften Mal .

Die Kanadier und die Amerikaner aus dem Norden und dem Süden haben die weiteste Reise. Für sie ist die wiederentdeckte Technik ein Geschenk, das sie auch als solches nutzen. Sie gehen achtsam mit sich selbst und diesem 'Geschenk' um. Das bringt es mit sich, daß sie den Flieger, das Auto und das Telefon zu ihrem Vorteil nutzen ohne sich davon 'diktieren' zu lassen.

Die vier kommen nicht über den Pazifischen Ozean, den kürzeren Weg, nach China, sondern über den Atlantik. Mit der Technik des Telefons haben sie sich untereinander abgesprochen. Die Kanadier und die Nordamerikaner treffen sich in Europa mit Robert und Constantin in Germanien. Dort werden sie von Paolo aus Italien, Joan aus Spanien, Enzo aus Frankreich und Jasper aus den Niederlanden erwartet. Gemeinsam fahren sie mit einem, in Germanien gemieteten kleinen Bus zu Igor nach Russland, bei dem sie auch Alexis aus Griechenland und Haluk aus der Türkei treffen. Von dort geht es auf dem Landweg nach China.

Aida und Rodolfo haben sich mit den drei Afrikanern Ruandus, Adia und Amadio in Äthiopien verabredet. Gero, Ricardo, Arif, Kalil und Helmfried aus Jechjahau sind mit einem Solarflieger gekommen, der auf einem freien Gelände am Dorfrand von Hongcha zur gleichen Zeit landet, als der Bus aus Europa im Dorf ankommt. Die beiden Südamerikaner und die drei Afrikaner sind mit einem Auto ebenfalls angekommen. Sahir aus Nagporan ist bereits seit einigen Wochen Gast bei Pioxen in Hongcha.

Weil die dreiundzwanzig ʿColegiosʾ teils mit dem Bus, teils mit dem Auto oder dem Flieger fast gleichzeitig in Hongcha ankommen, kann Pioxen mit seinem indischen Gast den Angekommenen einen besonders schönen Begrüßungsabend bieten. Dazu hat er neben den Gastgeberfamilien noch einige Künstler, die im Dorf leben, eingeladen.

Neben dem Dorfzentrum ist ein grandioser Blumengarten angelegt. Strahlend weiße Frangipanis und Zwerg-Seerosen blühen in einem künstlich angelegten Teich. Am Ufer wachsen vielfarbige Orchideen, Hyazinthe, Rosen und japanische Kirschblüten. An einer sehr langen, chinesisch dekorierten Tafel sitzen dreiundzwanzig Familien, jeweils ein Elternpaar mit einem Sohn oder einer Tochter, in prachtvollen chinesischen knallroten und grellgelben Hanfus, japanischen Kimonos oder indischen Saris. Es sind die dreiundzwanzig Gastgeber der jungen Frauen und Männer aus aller Welt. Zwischen jedem Elternpaar und ihrem Nachwuchs ist ein Platz für einen der internationalen Gäste frei. Auf diese Weise ist jeder einzelne Gast von seiner Gastfamilie sofort aufgenommen und willkommen geheißen.

In der Küche des Zentrums haben die Familien typisch chinesische Kostbarkeiten zum Essen vorbereitet. Asiatische Frühlingsrollen, Schinken, Krabben und Garnelen, als Vorspeisen gedacht, sind sehr aufmerksam und passend in die bunte Tischdekoration eingepaßt. Auf kleinen Stövchen werden die weiteren Köstlichkeiten warmgehalten. Zur Auswahl stehen Hähnchen mit Chili oder Rindfleisch und Schweinefleisch in Soja-oder Curry- Soße. Als Beilage sind Reis mit Gewürzmischungen, Koriander, Glasnudeln, verschiedene Gemüse wie Brokkoli und Kaiserschoten auf dem Tisch verteilt. Den Vegetariern werden chinesische Pilze in Bambusgemüse, Chop Suey und Lot-Han-Zai ebenfalls mit verschiedenen Gemüsen angeboten. Nach dem Essen werden die Gäste und die Gastgeber mit chinesischer Musik unterhalten, zu der zwei Paare graziöse und zugleich akrobatische chinesische Tänze vorführen.

Nach dem typisch chinesischen ersten Abend beginnt Pioxen, der Gastgeber des fünften Treffens, heute Morgen das Gespräch. Er erinnert an seine letzten Worte beim Abschied in Äthiopien: „Ich sagte, mit Sicherheit werden auch andere Formen der Technik entwickelt, die den kommenden Generationen das demokratische Denken und Handel immer leichter machen. Weil ich jetzt erlebe, mit welchen technischen Mitteln ihr alle hierher gekommen seid, und wie wir uns per Telefon vorher absprechen konnten, behaupte ich, meine Vorahnung von damals ging in die richtige Richtung."
Adia erinnert sich an das Thema der letzten Tage als sie Gastgeberin war. Es ging um die Techniken, besser gesagt, um die Methoden der natürlichen Heilkunde, wie sie schon in der Gesellschaft vor dem Crash bekannt waren. Ihren Vorschlag, in allen Dörfern erdenweit alle bekannten und schon erprobten Methoden der natürlichen Heilkunde zu praktizieren, wurden nach ihrer Aussage in den Dörfern des afrikanischen Kontinentes angenommen und umgesetzt. Sie erfährt, daß auch in den anderen

Erdteilen ihr Vorschlag aufgegriffen und umgesetzt wurde. Allerdings erzählt Daniel, dass es in den großen Weiten seine kanadischen Heimat zu wenige Heiler gibt. Er ergänzt: „Außerdem fehlen bei uns noch Ausbildungseinrichtungen für Heilpraktiker, Therapeuten und Sozialpädagogen." Oliver erweitert: „Seit wir eine anerkannten Einrichtung sind und unsere Aufgabe allgemein bekannt ist, werden wir immer wieder darauf angesprochen, dafür zu sorgen, daß auch in Kanada mehr Einrichtungen zur Weiterbildung in diesen Disziplinen eingerichtet werden."

Ähnlich äußert sich auch Igor aus Russland: „Auch in den Weiten Sibiriens, dem nordasiatischen Teil meiner Heimat, fehlt es an Heilern, obwohl dort sehr viele begabte Menschen seit hunderten von Jahren als Heiler aktiv sind." Haluk schlägt vor: „Es ist bestimmt sehr sinnvoll, wenn die Heiler und Schamanen auf dem ganzen Erdenrund, alle unterschiedlichen Methoden und alle Wege zur Gesundheit kennen und anbieten können. Es muß demnach Aus- und Weiterbildungsstätten auf der ganzen Erde verteilt geben, die alle Methoden kennen und in Kursen und Seminaren weitergeben können" Sahir aus Indien schlägt vor, in allen Regionen auf der Erde in jeweils einem Dorfzentrum eine solche Einrichtung zu installieren."

Die Redebeiträge in den ersten Stunden des Treffens werden von allen verstanden und die vorgetragenen Ideen gutgeheißen. So kommt es nach wenigen Stunden bereits zu einem allgemeinen Beschluß, den Pioxen, der Gastgeber, formuliert: „Jeder von uns wird zu Hause dafür sorgen, daß solche Einrichtungen geschaffen werden. Wir können uns untereinander immer mal wieder telefonisch verständigen und absprechen." Dafür bekommt Pioxen sogar Applaus.

Aida und Rodolfo aus Cincita berichten dann, daß sich die drei A-B-C-Länder zusammen geschlossen haben. Die Afrikaner wollen wissen, welches diese drei Länder sind.

Rodolfo beantwortet die Frage: „Es sind Argentinien, Brasilien und Chile, die drei größten Länder im mittleren Südamerika."

„Welchen Vorteil bringt dieser Zusammenschluß" fragt Jasper aus den Niederlanden und erfährt, alle zehn Europäer wollen das auch wissen.

Aida erklärt: „Vor dem Crash und in den ersten Jahren der neuen Generationen herrschte unter den drei Ländern immer noch ein ziemlicher Konkurrenzdruck. Die Menschen in jedem der drei Länder behaupteten immer, sie seien die eigentlichen Südamerikaner, die anderen seien ja nur Zugereiste." „Und das führte immer wieder zu vollkommen überflüssigen Streitereien unter den Menschen dieser drei Länder", bemerkt Rodolfo. Enzo aus Frankreich bestätigt: „Das erlebe ich unter den Europäern auch. Mit diesen ewigen kleinen Sticheleien untereinander, wird der Gedanke der gesunden Demokratie immer wieder ganz schön in Frage gestellt." Den ganzen Vormittag nutzen die Colegios, über Vor- und Nachteile solcher Zusammenschlüsse von ehemals getrennten und souveränen Ländern zu reden. Es kommt dabei auch zu Befürchtungen, solche Zusammenschlüsse könnten die Souveränität jedes einzelnen Landes gefährden.

Lange hört Ruandus aus Zentralafrika der Diskussion schweigend zu. Bei dem letzten Gedanken unterbricht er: „Die Souveränität liegt doch nicht bei den Ländern. Souverän im Sinne der demokratischen Haltung, wie wir sie jetzt seit 130 Jahre trainieren, liegt doch einzig und ausschließlich alleine nur bei den Dorfgemeinschaften in allen Ländern." Ruandus setzt dem Einwurf noch hinzu: „Es waren doch gerade die Regierungen der einzelnen Ländern, die mit ihren Überheblichkeiten gegeneinander jedes demokratische Miteinander so störten, dass es immer wieder auch zu kriegerischen Auseinandersetzungen gekommen ist. Das jedenfalls haben die Alten erzählt und diese Berichte wurden von Generation zu Generation weitergegeben."

Paolo aus Italien wirft ein: „Und in alten Zeitungsberichten, die ich zu Hause gefunden haben, kann ich das auch immer wieder lesen." Der griechische Philosoph Alexis hört sich das, ähnlich wie vorher Ruandus, eine Weile an und stöhnt dann: „Ach ja, die egozentrische Streitkultur der Menschen ist noch nicht überwunden. Wie Affen verhalten sich manche Spezies noch immer. In meinem Dorf wohnen Leute, die in Griechenland geboren wurden und solche, die ihre Geburt in der Türkei erlebten. Wenn es zwischen diesen beiden Gruppen schon mal zu einem Streit kommt, läuft der sehr oft mit kriegerischem Verhalten ab, bei dem es, wie üblich, Sieger und Verlierer gibt."

Darauf reagiert Adia: „ Da bist du den Affen gegenüber ungerecht. Vor einiger Zeit habe ich meine Freundin in einem Dorf im Kongo besucht und dort einen sehr interessanten Bericht gehört. Unten den Schimpansen gibt es den Bonobo, auch Zwergschimpanse genannt, und den Pantroglodytes, den gemeinen Schimpansen. Der Kongofluß trennt die beiden Gruppen. Die Bonobos leben südlich und die Schimpansen nördlich vom Fluß. Dort bleiben sie auch, denn sie können nicht schwimmen. Beide Arten sind unsre nächsten Verwanden, bekanntlich trennen uns nur zwei Genen. Erst vor ein bis zwei Millionen Jahren trennte die Evolution beide Affenarten. Dabei ist etwas Rätselhaftes geschehen. Die Bonobos lösen Konflikte mit Sex, die Schimpansen mit Gewalt. Bonobos wirken wie Intellektuelle. Mit ihren schlanken Hälsen und den Fingern eines Klavierspielers scheinen Bonobos nicht in ein Fitneßstudio, sondern in eine Bibliothek zu gehören.
Sie werden oft auch als Kamasutra-Primaten bezeichnet, weil Sex nicht nur die Fortpflanzung garantiert, sondern auch soziale Beziehungen stärkt. In Bonobo-Gesellschaften ordnen sich Männchen den Weibchen unter, obwohl sie kräftiger sind. Schimpansen dagegen lösen ihre Konflikte bevorzugt mit Zerstörungsgehabe. Schimpansengesellschaften werden von Alphamännern regiert. Sie jagen fremde Schimpansen, verstümmeln oder töten sie. Schimpansen können zwar auch kooperativ sein, doch an die

Nächstenliebe der Bonobos reichen sie nicht heran. Ich befürchte, wir sind in vielen Situationen immer noch näher am Schimpansen. Aber die Toleranz und das kooperative Verhalten gehen eher in Richtung Bonobo. Das Gleiche gilt für einen Vergleich der Verhaltensweisen. Mit dem Bonobo verbindet uns etwas und unterscheidet uns beide vom Schimpansen: Wir haben Sex nicht nur zur Fortpflanzung. Ebenso wie die Bonobos spielen wir gerne und können auch mit Fremden leben und teilen. Nach dem Bericht haben 1,6 Prozent des menschlichen Erbguts Ähnlichkeit mit den Bonobos und 1,7 Prozent ist das menschliche Genom noch näher an dem der Schimpansen."

Nach einer kurzen Bedenkzeit, welche die Zuhörer zum Verdauen des Gehörten brauchen, meldet sich der Philosoph wieder: „Das heißt, weil wir freidenkende und verantwortungsbewußte Menschen sind, können wir die 1,7 Prozent mehr und mehr abbauen, um den Bonobos gleicher zu werden."

Dagegen wehrt sich der christlich geprägte Joan aus Spanien: „Nicht den Bonobos sollen wir gleicher werden, sondern den von Gott gewollten Menschen."

Pioxen macht die Runde darauf aufmerksam, daß bereits die Mittagsglocke geläutet hat. „Was heißt das?", will Helmfried wissen. Der Gastgeber erklärt ein Ritual in seiner chinesischen Heimat. „Nicht alle Menschen sind im Besitz eines Zeitmessers, also einer Uhr. So ist es in China zur Sitte geworden, daß immer zum Beginn der Arbeit am Morgen, am Mittag zur Pause und am Abend zum Ende der Arbeitszeit eine Glocke auf die jeweilige Zeit hinweist. Schon vor dem Crash, jetzt natürlich noch mehr, pflegen wir dieses Ritual." „Das heißt demnach, daß wir jetzt eine Mittagspause einlegen sollen!?" stellt Helmfried fragend fest und wird in seiner Feststellung von Pioxen bestätigt.

So wie im äthiopischen Agarun gibt es hier in Hongcha keinen Freitisch, an dem sich die Gäste aus aller Welt bedienen könnten ohne Tauschmittel zu haben. Für die Fremden ist das kein Problem, weil ihre Gastgeber-Familien sie nicht nur zum Schlafen, sondern auch zur Verpflegung während ihres Aufenthaltes in ihrem Dorf eingeladen haben. So bekommt die Mittagsglocke eine besondere Bedeutung. Die Colegios wissen, dass ihre Gastgeber jetzt mit einem Imbiß zum Mittag auf sie warten.

Nach zwei Stunden Pause beginnt Haluk das Gespräch wieder: „Wenn wir Menschen noch so viele Anteile am kriegswütenden Schimpansen in uns haben, brauchen wir nicht nur Einrichtungen für die Heilkundler, sondern auch Aus- und Weiterbildungsstätten für eine gesunde Streitkultur."

Igor wird bei diesem Gedanken leicht nervös: „Wir reden sehr oft von einer gesunden Streitkultur. Was ist das? Streit ist Streit, was soll dabei gesund sein?"

Der Psychologe referiert: „Jeder Mensch ist nicht nur einmalig, er hat auch ganz persönliche Rechte gegenüber seinem sozialen Umfeld. Dabei kann es geschehen, daß zwei Menschen oder auch zwei Gruppen in einem sozialen Umfeld das gleiche Recht für sich alleine beanspruchen. Das hat oft rechtliche Gründe, wie zum Beispiel bei einer Erbschaft. Das kann auch ganz praktische oder auch ethische Gründe haben. Doch die meisten Streitereien entwickeln sich, wenn zwei streitende ˋParteien´, einzelne Personen oder Gruppen, mit ihrem Recht eine Aufwertung ihres Selbstwertes dokumentieren wollen. Das führt sehr oft nicht nur zum Streit sondern auch zum Krieg." Die Runde will wissen, was der Unterschied zwischen Streit und Krieg ist. Daniel referiert kurz weiter: „Bei einem Krieg gibt es Sieger und Verlierer, wobei der Sieger auch immer Verlierer ist, denn er hat sich Feinde geschaffen. Beim Streit setzten sich die ˋParteien´ so lange auseinander, bis beide gewonnen haben, das heißt, beim Streit gibt es nur Gewinner." Paolo spricht aus, was einige in der Runde gemeinsam mit ihm empfinden: „Das ist mir alles zu hoch. Gibt es da konkrete Beispiele?"

Aufgeregt und sehr engagiert berichtet Haluk von einem Streit, den er in seiner Heimat, im Taurusgebirge in Mesopotamien erlebte: „Eine türkische Karawane kam aus dem Norden und eine chinesische Karawane aus dem Süden. Beide mußten zwischen zwei Dörfern durch einen sehr engen Paß zwischen dem Euphrat und dem Tigris.

Die Enge machte es unmöglich, daß beide Reisegruppen gleichzeitig durch den Paß gehen konnten. Es mußte erst die eine, dann die andere durch die Enge.

Die Türken stritten sich mit den Chinesen, wer zuerst gehen kann. Die Türken hatten neben Keramik und Büchern, Gemälde und Skulpturen auf ihren Karren, die Chinesen transportierten Gewürze und Musiknoten. Die Ordnungshüter der beiden Dörfer fragten die Kinder in den Spielstuben der Dörfer, wer zuerst gehen soll. Die Kinder entscheiden sich für die mit dem Gewürz, weil das schneller verdirbt. Also gingen die Chinesen zuerst durch den Engpaß. Durch die naive Weisheit der Kinder waren beide `Parteien´, wie Daniel das nennt, Gewinner."

Oliver erinnert sich an einen Erbstreit, den er vor einem Jahr in seinem Dorf unmittelbar miterlebte. Im Nachbarhaus lebte eine Witwe mit ihren drei Söhnen im Alter von 25, 19 und 16 Jahren. Sie stritten sich, wer mit der Mutter und der künftig eigenen Familie im Haus wohnen kann und das Haus einmal erben wird. Die drei Brüder waren so zerstritten, daß sie weit über das Dorf hinaus in der ganzen Region `die feindlichen Brüder´ genannt wurden. Der Imam der Region stellte den Brüdern eine Frage: Wer wird am längsten im Haus bleiben? Er regte an, jeder möge für sich alleine drei Tage über ihre eigene Zukunft meditieren. Nach drei Tagen kamen sie zu einem salomonischen Ergebnis: „Den beiden von uns, die als Erste eine eigene Familie gründen, bauen wir gemeinsam ein neues Haus. Der Letzte bleibt bei der Mutter. Wenn er auch eine Familie gründet, wird er weiter im Haus der Mutter leben."
Auch die drei Afrikaner können von einem `Krieg´ erzählen, der nach lange Zeit mit einem `Streit´ beendet wurde.

Zwischen zwei Regionen, in denen Wasserknappheit besteht, gibt es einen Fluß, der in Dürrezeiten sehr wenig und während der Regenzeit sehr viel Wasser hat. Beide Regionen beanspruchen während der regenlosen Zeit das alleinige Recht, den Fluß als Wasserquelle zu nutzen. Mit technischen Mittel wollten beide das Wasser für ihre Ländereien nutzen. Beide Regionen lagen lange Zeit im Krieg. Bevor es zu wechselseitiger Zerstörung kommen konnte, schickte jedes Dorf einen Bewohner als Ordnungshüter zu einer Zusammenkunft, bei der eine einvernehmliche Lösung gefunden werden sollte. Als Unparteiischen baten die Dorfgesandten den Rabbi der Region zum Gespräch. Vom Rabbi kam der Vorschlag, nach der biblischen Weisheit von den sieben fetten und den sieben mageren Jahren vorzugehen. Ein riesengroßes Wasserbecken solle geschaffen werden, das beide Regionen während der Dürrezeit als Wasserquelle nutzen könnten. Der Vorschlag wurde von den Ordnungshütern in den Dörfern vorgetragen. Die Dorfgemeinschaften sollten entscheiden, ob das so sein kann. Nach einem längeren Prozeß wurde der Vorschlag von allen angenommen. Die Fachleute und Handwerker der ganzen Region beteiligten sich am Bau einer solchen Reserveanlage für Wasser. Die Lösung machte Schule auch für andere Gebiete in Zonen mit wechselnden klimatischen Bedingungen, mal mit viel, mal mit gar keinem Regen.

Nach den drei Beispielen beendet der Psychologe seine kurze Unterrichtung über die gesunde Streitkultur: „Wenn es, dem Beispiel in Mesopotamien zu folgen, um einen Streit ums Recht geht, ist der Hinweis angebracht, sich etwas Zeit zu nehmen, um sich den Streitpunkt aus der eigenen Sicht vor Augen zu halten, und sich dann zu fragen, warum habe ich Recht. Nach einer solchen Reflexion der Streitenden kommt es in der Regel zu einer Gewinnersituation für beide. Wenn ich bei einem Erbstreit bei einer Lösung behilflich sein soll, sage ich gerne, nimm´ dir Zeit und beantworte für dich alleine zwei Fragen: Warum brauche ich das Haus oder das Grundstück? Was gebe ich meinen Brüdern oder Schwestern für das Haus oder das Grundstück? Bisher habe ich immer wieder erlebt, wie solche kriegerischen Auseinandersetzungen zu versöhnlichem Gewinn für alle Beteiligten geworden sind." Bei diesem letzten Satz hören die Colegios wieder die Glocke und wissen, daß der ʿArbeitstagʾ auch für sie zu Ende ist. Den zweiten Abend in Hongcha verbringen sie bei ihren chinesischen Gastgeber-Familien.

Daß Karawanen Kunstwerke transportieren, wie Haluk das gestern erwähnte, wundert Helmfried, Robert und Constantin heute Morgen am zweiten ʿArbeitstagʾ. „Karawanenreisen waren schon immer Tauschhandels-Reisen", erklärt der Türke: „Seit vielen hundert Jahren ziehen auch heute noch Karawanen vom Norden Mesopotamiens bis hierher. Sie bringen Keramikgefäße nach China, die in meiner Heimat schon immer kunstvoll geschaffen werden." „Ebenso lange ziehen Karawanen von hier und bringen Seidenwaren aus meiner Heimat in den Norden" klärt jetzt Pioxen die Runde auf. „Auch in meine Heimat kommen die Karawanen mit ihren Keramikwaren und bringen unsere bunte Seide in den Norden", ergänzt Sahir aus Nagporan in Indien.

Was sie von Haluk, Pioxen und Sahir hören, ist in der Runde bekannt. Wieso die Karawanen auch Kunstwerke hin- und herbringen, können sie nicht verstehen. „Auch das ist schon seit Urzeiten üblich", werden die Amerikaner, Afrikaner und Europäer von Haluk aufgeklärt. „Schon immer wurden Kunstwerke gegen Gewürze und Goldschmuck gegen Salz, das ʿweiße Goldʾ, von den Karawanen erdenweit verbreitet" erfährt die Runde von Sahir und Pioxen. „Wie sonst hätten die Autoren ihre Bücher, die Komponisten ihre Musiknoten, die Maler ihre Bilder oder die Bildhauer ihre Skulpturen unter das internationale Volk bringen sollen?" fragt Haluk wieder. Alexis philosophiert darauf hin: „Dann ist die Karawanserei schon immer demokratisch organisiert." „Ja und nein", äußert sich Pioxen. „Gold und Silber wurden auch als Kapitalwerte erworben, gesammelt und als ʿReichtumʾ

mißbraucht. Mit diesen beiden Edelmetallen begann bereits in der griechischen Antike der Wandel von der Demokratie hin zu materiellem Reichtum und Diktatur und damit erdenweit zum Machtmißbrauch und zu Kriegen"

Helmfried bemerkt: „In der alten Gesellschaft waren Reichtum und Macht Zwillinge. In der Lernstube in meinem germanischen Heimatdorf habe ich von einer Familie Fugger im ehemaligen Augsburg gehört. Das Kaufmannsgeschlecht galt als Symbol für erdenweiten Geldreichtum.

Sie finanzierten damit die Macht, die von wenigen Fürsten und Großkapitalisten gegenüber dem übrigen Volk mißbraucht wurde. Selbst den Tauschhandel, den es damals schon gab, nutzte diese Familie, um ihren Reichtum zu vermehren". Jasper fügt hinzu: „In Holland kam es bereits zu Fuggers Zeiten zu einem Tauschhandel. Nicht Geld sondern Tulpenzwiebeln waren ein Tauschmittel. Die Zwiebeln wurden wieder gegen Gold und Silber eingetauscht."

Hocherfreut stellt Igor fest: „Gold und Silber werden glücklicherweise jetzt nicht mehr genutzt, um Geldwerte zu schaffen, sondern um Kunstwerke oder Schmuck zu machen. Die Kunstwerke und der Schmuck dienen in unserer Gesellschaft als Tauschmittel. So entwickelt sich ein allgemeiner Wohlstand, der nicht mehr zum Zwecke der Macht mißbraucht werden kann."

Fast gleichzeitig fragen Aida und Rodolfo wie die Kunstwerke, also Bücher, Bilder, Skulpturen, Musiknoten und Schmuckstücke erdenweit verbreitet werden. Sie erfahren, viele, vor allem landwirtschaftliche Familien in allen Dörfern sammeln Kunstwerke, die sie aus vielen verschiedenen Regionen und Ländern durch Tausch bekommen, um sie als Tauschmittel weiterzugeben. Dabei werden auch Karawanenreisende beliefert.

Die nutzen die Werke ebenfalls als Tauschmittel und bringen sie in alle Regionen, durch die sie reisen. Sie tauschen damit Lebensmittel und sonstige Utensilien, die sie auf ihren Reisen brauchen.

Von den Dorfbewohnern werden die Gäste am Nachmittag des zweiten Arbeitstages in das Dorfzentrum zum Yum Cha, einer Teemahlzeit mit warmen Häppchen, eingeladen. Die einmalige chinesische Teekultur ist die älteste Kultur dieser Art. Hongcha erzählt seinen Gästen: „Schon zweihundert Jahre vor dem Nazarener Christus wurde in China Tee vor allem als Medizin gebraucht.

Seit dem sechsten Jahrhundert nach Christi Geburt, während der chinesischen Tang-Dynastie, wurde das Heilgetränke vermehrt als Genußmittel zelebriert. Auch die Buddhamönche tranken Tee während ihren oft stundenlangen Meditationen. In der folgenden Song-Dynastie begannen auch die einfachen Familien das Teetrinken".

Für die Teezeremonie wird ein besonderes chinesisches Teegeschirr aus Porzellan genutzt. Zunächst reinigt der Teemeister die Teeschalen und Kannen. Die Teeblätter legt der Meister dann in die mit heißem Wasser gefüllten Kannen. Dabei öffnen sich die Teeblätter und die Bitterkeit wird gemildert. Dieser erste Aufguß wird nicht getrunken. Er wird `Aufguß des guten Geruchs´ genannt. Ein zweites Mal wird die Kanne mit heißem Wasser gefüllt und der Meister lässt den Tee etwa 10 bis 30 Sekunden ziehen. Dann gießt er den Aufguß in die Teeschalen und reicht sie weiter zum Trinken. Das ist der `Aufguß des guten Geschmacks´. Tatsächlich sind die Gäste aus den westlichen Kontinenten sehr angetan von dem besonders feinen Teegeschmack, den sie so von zu Hause nicht kennen. In ihre Heimat, besonders in den afrikanischen Ländern, wird der Kaffee bevorzugt.

Das Yum Cha wird sowohl von den chinesischen Dorfbewohnern als auch von den Gästen zum Abendimbiß erweitert. Sahir `verrät´ den Grund der heutigen Einladung zu dem außergewöhnlichen Teezeremoniell: „Morgen ist der zweite Oktober und seit dem Jahre 8 n. Tc. wird in vielen Dörfern Indiens und

Chinas der Geburtstag von Mahatma Gandhi gefeiert. Traditionell beginnen wir hier den Geburtstag am Vorabend mit dem Yum Cha." Pioxen erweitert die Information und eröffnet den anderen Gästen, daß der morgige Arbeitstag erst am Nachmittag beginnt.

Nach dem ausgelassenen gestrigen Abend erleben die Fremden am heutigen Vormittag in ihren Gastfamilien Gandhis Geburtstag so, als sei es der Geburtstag eines Familienmitgliedes. Es ist die Absicht jeder Familie, ihrem Gast die eigene Familientradition zu präsentieren. So erfahren die fremden Colegios dreiundzwanzig sehr unterschiedliche, oft sich widersprechende chinesische, indische oder japanische Familientraditionen in einem Dorf, in dem am Vorabend alle gemeinsam feierten. Das ist gelebte gesunde Demokratie, stellen die Gäste zum Beginn ihrer `Arbeit´ am Nachmittag übereinstimmend fest.

In Nagporan, einem der vielen Dörfer, die aus dem ehemaligen Mumbai entstanden sind, wurde ein interessanterer und sehr aktueller Fund gemacht. Stolz berichtet Sahir: „Weil ich wußte, daß der Geburtstag Gandhis hier jedes Jahr gefeiert wird und wir in diesem Jahr dabei sein können, habe ich das gefundene Exemplar mitgebracht. Es ist The Gift of Anger. And Other Lessons from My Grandfather Mahatma Gandhi´ von Arun Gandhi, einem Enkel Gandhis, das 2017 n. Ch. also vor 1.100 Jahren vor dem Crash, erschienen ist". Mit diesen Worten gibt er das Buch in die Runde. Oliver aus Amerikas liest den Originaltext in seiner englischen Originalsprache. Der Spanier Joan übersetzt den Text in seine Sprache. Helmfried liest in germanischer Sprache zunächst den Titel:
`Wut ist ein Geschenk. Das Vermächtnis meines Großvaters Mahatma Gandhi´. Dann zitiert er ein paar Sätze, die er zufällig entdeckt: „Mahatma Gandhi fordert gleiche Rechte für die Gläubigen aller Religionen. Für beide Geschlechter und für die Angehö-

rigen aller Kasten. Er sagt: ˋDie Erfahrung hat mich gelehrt, dass aus Unwahrheit und Gewalt auf Dauer niemals Gutes entstehen kann.´ Mein Großvater wußte, dass unser aller Leben und unsere Schicksale miteinander verflochten sind und wir bescheiden sein müssen, damit wir erkennen, wie sehr wir aufeinander angewiesen sind." Nachdem Enzo das Ganze noch in seine französische Sprache überträgt, haben alle fünfundzwanzig in der Runde, verstanden, was Gandhis Anliegen schon vor über 1.300 Jahren war.

Pioxen erinnert sich an ein Zitat von Gandhi, das er bei einer anderen Gelegenheit gefunden hat und das zum Thema aller bisherigen fünf Treffen paßt. Er zitiert Gandhi: „Nachdem ich die wichtigsten Religionen studiert hatte, kam mir der Gedanke, es sei ein Schlüssel zur Gemeinsamkeit zu entdecken. Dieser Schlüssel ist Wahrheit und Gewaltlosigkeit. Wenn wir diese grundlegende Einheit verwirklichen, sind Kriege im Namen der Religionen überflüssig."

Oliver erzählt, seine Urgroßmutter habe als Überlebende den Text einer Rede von Martin Luther King ˋgerettet´ und sie an die Generationen weitergegeben. Zwanzig Jahre nach Gandhis Suche nach dem ˋSchlüssel der Einheit´ predigte der Pastor und Bürgerrechtler: „Ich habe einen Traum, dass eines Tages die Nationen sich erheben und der wahren Bedeutung ihres Credos gemäß leben werden. Wir halten diese Wahrheit für selbstverständlich, daß alle Menschen gleich erschaffen sind. Ich habe einen Traum, daß meine vier kleinen Kinder eines Tages in einer Nation leben werden, in der man sie nicht nach ihrer Hautfarbe, sondern nach ihrem Charakter beurteilen wird. Das sind unsere Hoffnung und unser Glaube. Mit diesem Glauben werden wir fähig sein, zusammen zu arbeiten, zusammen zu beten, zusammen zu kämpfen, zusammen ins Gefängnis zu gehen, zusammen für die Freiheit aufzustehen, in dem Wissen, daß wir eines Tages frei sein werden."

„So ungefähr sprach auch Nelson Mandela. Von diesem süd-

afrikanischen Freiheitskämpfer wird heute noch in allen Lernstuben in meiner Heimat gesprochen", setzt Amadio aus Südafrika den Reigen der Berichte fort. Mandela zählt zu den großen Kämpfern der unterdrückten Schwarzen durch die weißen Kolonialisten. Er wurde für seinen Widerstand gegen die Apartheid zu lebenslanger Haft verurteilt. Seine Freilassung nach 27 Jahren markierte eine Wende in Südafrika. Als erster schwarzer Präsident sprach er bei seiner Antrittsrede: „Aus der Erfahrung eines außergewöhnlichen menschlichen Unheils, das viel zu lange andauerte, muss eine Gesellschaft geboren werden, auf die die gesamte Menschheit stolz sein kann. Ich zögere nicht, zu sagen, dass jeder von uns so eng mit dem Boden dieses schönen Landes verbunden ist, wie es die berühmten Jacaranda-Bäume Pretorias sind und die Mimosen der Steppe. Jedes Mal, wenn einer von uns den Boden dieses Landes berührt, empfinden wir ein Gefühl der persönlichen Erneuerung. Wir danken unseren internationalen Gästen, dass sie gekommen sind, um mit dem Volk dieses Landes von dem Besitz zu nehmen, was schließlich ein gemeinsamer Sieg für Gerechtigkeit, für Frieden und menschliche Würde ist. Wir sind zuversichtlich, daß sie an unserer Seite sein werden, wenn wir die Herausforderungen der Errichtung von Frieden, Wohlstand und Demokratie angehen. Wir erkennen, daß es keinen einfachen Weg zur Freiheit gibt. Wir wissen sehr gut, dass niemand von uns allein handelnd Erfolg haben kann. Deshalb müssen wir gemeinsam als ein geeintes Volk handeln, für nationale Versöhnung, für den Aufbau der Nation, für die Geburt einer neuen Welt. Es soll Gerechtigkeit für alle geben. Es soll Frieden für alle geben. Es soll Arbeit, Brot, Wasser und Salz für alle geben. Die Sonne möge nie untergehen über einer so ruhmreichen menschlichen Errungenschaft. Laßt die Freiheit regieren."
Schließlich weiß Pioxen, der Gastgeber, von einer Frau im Nachbarland Myanmar, von der nicht nur in den chinesischen Lernstuben berichtet wird. 15 Jahre lang war Aung San Suu Kyi in Gefangenschaft. Sie kämpfte für Demokratie sowohl in ihrer Heimat,

als auch auf der ganzen Erde und wurden mit dem ehemaligen Friedensnobelpreis geehrt. Die Menschen in Myanmar verbanden mit Aung San große Hoffnungen auf Freiheit und Demokratie. Vor etwa eintausendzweihundert Jahren sagte Suu Kyi bei einer Rede im früheren Europaparlament: „Die Freiheit der Gedanken beginnt mit dem Recht, Fragen zu stellen; und dieses Recht hatten die Menschen in Birma so lange nicht mehr gehabt, so dass einige unserer jungen Leute nicht einmal mehr wissen, wie Fragen gestellt werden."

Nach diesem „Reigen der Berichte" wie Amadio das gerade nannte, wird allen in der Runde klar, wie viele Menschen bereits vor dem Crash auf der Suche nach Freiheit, Gleichheit und gewaltfreier Demokratie waren. Auch mussten sie erkennen, wie es den `Wortführern´ dieser Suche erging. Mahatma Gandhi und Martin Luther King, mit Sicherheit auch viele ungenannte Sucher, wurden von fanatisierten Antidemokraten erschossen. Nelson Mandela und Aung San Suu Kyi wurden, wie unzählig viele Gleichgesinnte, von mächtigen, erkennbaren oder heimlichen Diktatoren verfolgt und lange Jahre eingesperrt. Daß Mandela und Suu Kyi nach ihrer Gefangenschaft zu Präsidenten ihrer Länder gewählt wurden, waren erste Zeichen einer Demokratisierung. Doch die Zeichen wurden von fanatisierten und verführten Bevölkerungsgruppen oft missverstanden oder von selbsternannten, nur scheinbar demokratisch gewählten, heimlichen Diktatoren wieder zurückgenommen.

Erst der erdenweite Crash vor 130 Jahren machte den Weg zu einer echten Demokratie frei. Auf dem Weg sehen sich die fünfundzwanzig `colegios internationale´. Sie wissen allerdings auch, daß sie noch unterwegs und noch nicht endgültig angekommen sind. Mit dieser Einsicht beenden die Freunde ihre offizielle `Arbeit´ am heutigen `Tag des Geburtstags von Mahatma Gandhi´ bei ihrem fünften Treffen, jetzt hier in Hongcha.

Alexis der Grieche ist heute, am letzten Tag ihres Treffens, der

Erste im kleinen Saal des Dorfcentrums von Hongcha und wartet auf seine „Mitstreiter", wie er seine Freunde gerne nennt. Nach den vielen Gesprächen und Berichten der vergangenen Tage ist er mit einer fundamentalen Frage beschäftigt und möchte heute darüber sprechen. Pioxen kommt als Nächster in den Saal. Alexis kann nicht warten, bis alle wieder zusammen sind. Er stellt seine Frage: „Was ist Demokratie wirklich?" Pioxen antwortet: „Seit unserem ersten Treffen vor acht Jahren in Jechjahau beschäftigt mich der Gedanke, ob Buddhas Lehre etwas mit Demokratie zu tun hat. In Israel haben wir auf die Frage, was ein Demokrat ist, Antworten gefunden und erkannt, die Demokratie braucht Demokraten, damit sie lebendig werden kann." Mit diesem Satz kommen die weiteren Colegios allmählich auch und verfolgen den Dialog zwischen dem Griechen und dem Chinesen.

Alexis referiert, was er, noch als Schüler, in der Lernstube gelernt und später weiter erforscht hat: „Das antike Griechenland gilt als die Quelle der Philosophie und des Geisteslebens. Es bestanden schon damals Beziehungen mit Indien und es gab Ähnlichkeiten im indischen und griechischen Denken. Beide Geisteswelten haben sich wechselseitig weiterentwickelt. Solon und Kleisthenes gelten als die Urväter der Demokratie. Die beiden griechischen Politiker ermöglichten eine Mitbestimmung des Volkes am politischen Geschehen. Bekannt wurde diese Form der Volksherrschaft als die attische Demokratie. Sie ist die Vorläuferin der Volkssouveränität. Mit ihr wurde ein Verfassungstypus entwickelt, der zur Ausweitung demokratischer Ansätze dienen konnte. Demnach schafft Demokratie die Grundlage für eine politischer Ordnungen, deren Kennzeichen die Volkssouveränität und die Beschränkung politischer Herrschaft sind".

Pioxen reagiert auf den Vortrag: „Für uns Buddhisten ist Demokratie mehr als das. Es ist die letztgültige Haltung eines gesunden Ichs im Zusammenleben mit dem sozialen und politischen Miteinander. Dabei muss das Ich ständig neu entdeckt und gelebt werden, sonst bleibt es eine Selbsttäuschung. Prinz Siddhata

Gautama kam vor seiner Erleuchtung zum Buddha auch mit dem antiken Griechenland in Kontakt. Er durchschaute die Selbsttäuschung und erkannte sie als die Quelle des Leidens. Den Ausweg, den er uns zeigte, war die Befreiung vom Perfektheitsanspruch. Buddhaschaft, also Erwachen, war für ihn die Erkenntnis, daß es im Dasein nichts Beständiges, nichts endgültig Zufriedenstellendes, nichts wirklich Greifbares, Herstellbares, Erlangbares gibt. Buddhas Befreiung ist Loslassen dessen, was wir meinen, haben und sein zu müssen. Wir können loslassen, indem wir Achtsamkeit entfalten. Achtsamkeit läßt uns erfahren, daß wir in jedem Augenblick angenommen, unterstützt und untrennbar miteinander verbunden sind. Statt immerzu nach dem perfekten Selbst zu suchen, leben wir in der schlichten Achtsamkeit hier und jetzt. Das ist sowohl nach Buddhas als auch nach meiner Auffassung die unbedingte Haltung jedes einzelnen Menschen, der damit der Demokratie dient".

Alexis reagiert sehr nachdenklich: „So ist auch der Satz Gandhis zu verstehen, der sagt, niemand kann mich zwingen, heute das zu glauben, was ich selbst gestern geschrieben habe. Denn die Wirklichkeit, die ich gestern erlebte, kann durch die Wirklichkeit des Heute überholt sein". So erfahren alle etwas über Buddha und seine `Philosophie der Demokratie.´

Nach diesem Dialog zwischen Alexis und Pioxen will Amadio aus Südafrika wissen, wieso es bei einer so langen Zeit bis zum Crash nicht möglich war, demokratisches Denken und Handeln zu verwirklichen. „Ich höre hier zum ersten Mal, wie alt der demokratische Gedanke schon ist. Was hat die Menschheit in den vielen hundert, ja sogar tausend Jahren daran gehindert, Demokratie zu leben?"

„Als sich die Primaten, zu Homo sapiens, also zu Menschen, entwickelten, haben sie das Genom des Herrschens mit übernommen", beantwortet Helmfried die Frage. Seit seiner ersten Begegnung mit seinen jetzigen Mitstreitern in seiner Heimat Israel hat sich der germanische Jude intensive mit dem Thema beschäftigt. Er ergänzt seine Antwort: „Das Prinzip der Demokratie widerspricht dem Herrschaftsdenken. Das heißt, der Homo sapiens muß lernen, sein Herrschaftsdenken nicht als Machtmißbrauch zu nutzen, wie das noch heute bei Schimpansen der Fall ist, wie Adia das berichtete." „Wenn dem so ist" unterbricht Igor: „heißt das ja, das mißbräuchliche Herrschen ist im Menschen genetisch festgelegt und kann sich nicht verändern." Dem entgegnet Adia und erinnert an die Bonobos, die einen friedlichen Umgang untereinander pflegen. „Der Mensch kann sich, ebenso wie diese kleinen Schimpansen, zu einem friedlichen Wesen entwickeln." Sahir stellt fragend fest: „Demnach ist es eine Frage der Entwicklung, wann der Mensch von den Herrschaftsformen der Diktatur über die verschiedenen Formen der Demokratien allmählich zum Demokraten wird?!"

Alexis bringt einen neuen Gedanken ins Gespräch: „Seit dem antiken Philosophen Demokrit gibt es den `Zoon politiko´, das ist ein Mensch, der als soziales, politisches Wesen beschrieben wird und den `Zoon idiotes´ der sich als `Privatperson´, aus öffentlichen, politischen Angelegenheit heraushält und keine Ämter annimmt, obwohl er das könnte." Jasper fragt, was das mit dem Thema Demokratie und Demokrat zu tun hat. Alexis klärt auf: „Beide Menschentypen neigen dazu, ihre Haltung mißbräuchlich zu nutzen. Der politische Mensch nutzt gerne die Herrschaftsform der repräsentativen Demokratie. Diese Form wird auch als indirekte oder mittelbare Demokratie beschrieben. Dabei werden Volksvertreter gewählt, die dann eigenverantwortlich entscheiden. Sie sitzen in einem Parlament. Darum wird diese Form auch als parlamentarische Demokratie bezeichnet." Leicht erbost ergänzt Jasper: „Genau! Vor den Wahlen buhlten diese machtgierigen Männer und Frauen noch bis zum Crash so lange um die Gunst des Volkes, damit sie möglichst die Mehrheit `gewinnen´, wie sie das selbst nannten. Waren sie dann gewählt, entschieden sie, so wie Alexis das sagte, eigenverantwortlich zu ihren Gunsten. Das Volk spielte nach einer Wahlen keine Rolle mehr".

„Was macht der andere?" will Sahir wissen. Den beschreibt der Griechen als eigensüchtigen, selbstgefälligen Egomanen. Darauf protestiert Igor: „Du beschreibst die negative Seite dieses Typs nur darum so, weil der sich vor dem Crash so zeigte. Tatsächlich meinte Demokrit mit dieser Beschreibung einen Menschen, der seinen eigenen Weg geht und sich nur dann beeinflussen läßt, wenn er von der Idee eines anderen überzeugt ist. Für diesen Zoon idiotes ist es auch sehr wichtig, den anderen Menschen in seiner Umgebung nicht zu schaden." „Dann gibt es also schon seit der Antike den gesunden Demokraten, wie wir das vor Jahren in Jechjahau schon beschrieben haben", freut sich Amadio und erinnert gleichzeitig an Mandela. Alexis gibt seinem südafrikanischen Freund zu verstehen, daß sein, auch heute noch bekannter Landsmann, beides war. Er war ein Privatmensch, der konsequent seinen Weg ging und befolgte, was Gandhi einmal sagte: `Das Gesetz der Wahrheit kennt keine Niederlage. Kerkerhaft auszuhalten, ist einer der Wege, die Botschaft weiterzutragen.´ Als gewählter Präsident war Mandela bis zu seinem Tod ein sozial engagierter politischer Mensch.

Helmfried beendet die Reihe der Herrschaftsformen der Demokratie: „Es gibt noch den Begriff `direkte Demokratie´. Das klingt gut, bezeichnet jedoch eine Form, in der nur ein unbedeutender Teil der Macht direkt vom Volk durch eine Volksbefragung ausgeübt wird oder das Volk nur bei bestimmten Sachfragen mitreden darf. Das hat mit Demokratie, wie wir das leben wollen, nicht viel zu tun." Scherzhaft bringt Pioxen seinen Redebeitrag: „Ich wünsche mir jetzt eine Pause." Dieser Wunsch wird sehr demokratisch einstimmig von allen geteilt.
Nach einem Imbiß und einer kurzen Verdauungspause setzen die `Colegios´ ihr Gespräch am letzten Nachmittag ihres Treffens fort. Aida faßt zusammen, was sie am Vormittag gehört hat. Sie

beendet ihre Zusammenfassung mit der Bemerkung: „Das waren wohl gutwillige Versuche, eine Herrschaftsform zu finden, die das monarchistische und diktatorische Gehabe der damaligen Herrschaftsschichten auflösen sollte.

Um ein wirkliches demokratisches Miteinander zu leben, trugen solche Herrschaftsformen nur zu einem geringen Anteil bei. Demokratie kann nur dann Wirklichkeit werden, wenn sich jeder Einzelne im Volk demokratisch verhält, also fähig ist, für sich und sein Handeln und für die Folgen seines Handelns ausschließlich selbst die Verantwortung zu übernehmen. Das hatte die allgemein anerkannte Pädagogik vor dem Crash nicht zum Inhalt. Die damalige Sozialisation war bestrebt, abhängige und den geltenden Normen gegenüber, gehorsame Bürger zu formen.“

„In den Lern- und Talentstuben aller Dörfer in meiner Heimat wird von einer sensationellen Entdeckung gesprochen“, begeistert sich Oliver und fährt fort: „Etwa 1000 Jahre vor dem Crash wurden bei Ausgabungen in Guatemala riesige Bauten der Mayas wieder entdeckt. Seit dieser Zeit erforschen Spezialisten auch jetzt noch die Geschichte dieses uralten Volkes, das offenbar einmal so lebte, wie wir uns Demokratie vorstellen und jetzt praktizieren. In Naachtun, so wird die riesige alte Stadt der Mayas genannt, lebten die Menschen in kleinen, überschaubaren Gemeinschaften, wie wir jetzt auch in Dorfgemeinschaften leben. Die Mayas hatten zwar auch Könige, doch das waren die beschützenden Diener des Volkes und nicht die Herrscher.“

Rodolfo schaltet sich ein: „In unserer Lernstube wird auch von der sehr alten Urbevölkerung des südamerikanischen Kontinents erzählt. Es waren die Guallas und die Sauaseras. Auch sie organisierten sich in kleinen überschaubaren Stämmen mit unterschiedlichen Verhaltensweisen und Charakteren. Bei großen Stammestreffen kam es zum Austausch der unterschiedlichen Lebensführungen, der als eine Bereicherung beschrieben wurde.

So erzählen das die Geschichtsforscher in unseren Dorfcentren. Beide Urvölker wurden von den nachfolgenden und schon damals machtbesessenen Inkas ausgerottet." Aida berichtet wieder von der Urbevölkerung ihrer Heimat: „Die Guaranis, deren Nachfahren noch heute unter uns leben, erzählen gerne von ihrem Zusammenleben bevor sie von den spanischen Konquistadors größtenteils ermordet wurden. Ebenfalls in Stämmen, deren Oberhaupt ein Schamane war, lebten sie, vom Urwald geschützt, von dem, was die Natur ihnen gab. Damit sie den Urboden, von dem und auf dem sie lebten, nicht endgültig zerstörten, wechselten sie nach einigen `Monden´, wie sie ihre Zeiten nannten und heute noch nennen, ihren Lebensraum. Jeder Tag war für dieses Volk ein `neues Leben´, das zum Beginn des Tages mit oft endlos langem Palaver organisiert werden mußte. Erst wenn sich alle in der jeweiligen Stammesgruppe einig waren, konnte das Tagwerk beginnen. Auffallend ist auch heute noch die Rolle des Schamanen. Er besitzt gar nichts, nicht einmal ein eigenes Nachtlager. Er dient dem Schutz und der Gesundheit seines Stammes und wird von diesem mit dem Lebensnotwendigen getragen."

Sahir hörte bei den letzten Beiträgen besonders aufmerksam zu. Dabei erinnert er sich, in der Talentstube seines Dorfes etwas von einer Gruppe von Ureinwohnern gehört zu haben, die aus Afrika kamen, über Europa durch Indien nach Indonesien und weiter zum fünften Kontinent, wie Australien vor dem Crash genannt wurde, zogen. Sie haben sich zunächst in der Nähe eines großen, bergähnlichen, roten Steins seßhaft gemacht.

Der Inder erzählt von den Aborigines, die als Jäger und Sammler mehr und mehr auch im Inland und an den Küsten Australiens lebten.

In ihren Clans, das waren Großfamilien mit unterschiedlichen Verwandtschaftssystemen, lebten sie nach demokratischen Strukturen. Ebenso wie von den Guaranis berichtet wird, war jeder Tag für sie ein neues Leben.

Auch sie redeten so lange in ihrem Clan miteinander, bis sich alle auf eine Tagesbeschäftigung einigen konnten. Schon vor vielen tausend Jahren bildeten mehrere Clans einen Stamm und mehrere Stämme waren ein Land innerhalb des Kontinentes. Eine Besonderheit war das Gottesbild dieser Urbewohner. Es war und ist heute noch eine schlafende Schlange, die nicht geweckt werden darf. Wenn die Schlange, die von den Aborigines `Atoma´ genannt wird, aufwacht, beginnt die Apokalypse. Bis zur Besiedlung Australiens durch die Brieten, also vor 1.788 v. Chr. lebten auf dem Kontinent über siebenhundert Stämme. Die britischen Siedler verfolgten die Ureinwohner mit einer diktatorischen Assimilationspolitik. Sahir beendet seinen Bericht etwas traurig gestimmt: „Bis zum Crash lebten nur noch rund 400.000 Aborigines. Sie hatten sich weitgehendst der für sie fremden Lebensweise der Britten und sonstigen Kolonialherren angepaßt."

Sofua wirkt nach dem, was er in der Runde alles gehört hat, sehr betroffen. Doch sehr hoffnungsvoll spricht er aus, was sicher auch die Gedanken der übrigen Zuhörer sind: „Dann sind die Urbewohner der Erde, die Mayas, Guallas und Sauaseras in Mittelamerika, die Guaranis in Südamerika, sowie die Aborigines im fernen Australien die ursprünglichsten Vorbilder eines demokratischen Lebens auf der Erde. Die Angehörigen der Stämme beweisen, der Mensch wird seiner Natur entsprechend als Demokrat auf die Erde geschickt." Alexis setzt sehr nachdenklich dazu: „Sahir berichtet, daß der Gott der Aborigines eine schlafende Schlange mit dem Namen Atoma ist. Das erinnert mich auch wieder an Demokrit. Er gilt als der `Vater´ der Atomtheorie. Ob er dieses Wort den Aborigines entnommen hat? Wie der alte Grieche sagt, ist die gesamte Natur aus kleinsten, unteilbaren Einheiten, den Atomen, zusammengesetzt. Jedes Atome ist fest und massiv, aber nicht gleich. Er sagt auch, es gäbe unendlich viele Atome und wenn sie sich nähern, erschienen die einen als Wasser, andere als Feuer, als Pflanze oder als Mensch". Haluk, der davon auch gehört hat, setzt fort: Nach der Auffassung Demokrits sind die Atome der Gestalt nach verschieden. Folgerichtig können auch die aus Atomen zusammengesetzten Körper nur quantitativ unterschiedlich sein. In ihren Qualitäten sind sie alle gleich. Somit ist jedes Lebewesen in seiner Qualität gleich wertvoll. Jedes Lebewesen, besonders jeder Mensch, trägt zur Ganzheit des Seins bei. Wenn ein Mensch `fehlt´, das heißt nicht kommt, also nicht geboren wird, oder wenn er geht, also stirbt, verändert sich das gesamte Sein."

Der christlich geprägte Joan erinnert sich an einen Spruch, den Johann Baptist Metz, ein bekannter Theologe, der etwa tauend Jahre vor dem Crash lebte, saygte. Der Spanier zitiert Metz: „Wenn ein Blatt vom Baum fällt, verändert sich die ganze Welt." Paolo stellt daraufhin fragend fest: Das heißt doch, im Gefüge der gesamten Menschheit bin ich ein Teil. Wenn ich nicht mehr bin, verändert sich das gesamte Gefüge."

Enzo, der Franzose führt weiter aus: „Wenn ein Augenblick in der Vergangenheit anders gewesen wäre, hätten wir nicht diese Gegenwart. Der Crash war also ein notwendiger Augenblick in der Vergangenheit für unsere Gegenwart."

Constantin bleibt in Gedanken noch eine Weile in der Vergangenheit seiner europäischen Heimat und holt seinen Vergangenheitsbericht nach: „Vor mehr als 130.000 Jähen lebten in Europa Menschen schon in so genannten Horden. Der Lebensraum und die Kultur der Homo neanderthalensis - kurz Neandertaler genannt - erstreckte sich über den größten Teil des heutigen Europas bis zum Nahen Osten und über die Krim-Halbinsel hinaus bis an den Rand Sibiriens. Diese frühen Europäer lebten, zum Teil weit verstreut, bereits in arbeitsteiligen Gruppen, vergleichbar mit den Ständen der Handwerker im Mittelalter. Ihr Alltag wurde von den natürlichen Gegebenheiten wie Klima, Landschaft, Jahreszeiten und Wasservorkommen bestimmt. Darin sehe ich Ansätze eines konstruktiven Miteinanders eigenverantwortlich handelnder Menschen, die sich gegenseitig in konkurrierendem Verhalten unterstützten. Kriegerisches Machtstreben ist von diesen Neandertalern nicht bekannt."

Pioxen beendet als Gastgeber den langen Nachmittag mit einem Satz: „Alles, was wir besprochen und gehört haben, bestätigt Buddhas Philosophie der Demokratie. Demokratie ist mehr als nur eine Herrschaftsform." Den letzten Abend vor ihrer morgigen Abreise verbringen die Gäste noch einmal bei ihren chinesischen Familien.

11. Blick zurück in die Zukunft

Am heutigen Abreisetag haben sich die fünfundzwanzig Colegios für ein gemeinsames Frühstück entschieden. In einem vorbereiteten Gästeraum des Dorfzentrums von Hongcha sitzen sie bei ihrem fünften Treffen zum letzten Mal zusammen.

„Wenn ich mir die Gespräche der letzten Tage durchs Gemüt gehen lasse, denke ich an die italienische Pädagogin, von der gesprochen wurde. Ich kann mich nicht mehr an ihren Namen und an die genauen Worte erinnern. So sage ich es auf meine Weise. Es hat etwas mit der Vergangenheit, der Gegenwart und der Zukunft zu tun." Mit diesen Worten beginnt Pioxen das Gespräch. Paolo kommt ihm zu Hilfe und erinnert an Maria Montessorie, die er mit seinen Worten zitiert: „Die Erfahrungen aus der Vergangenheit sind das Kapital der Gegenwart, um die Zukunft zu meistern."

Das Stichwort, `die Zukunft meistern´ wird von Sofua und Noah aufgegriffen. Sie sind die Gastgeber des nächsten Treffens und wollen ein Thema finden, das in zwei Jahren „spannend werden könnte" drückt es Noah aus. Fast gleichzeitig protestieren Haluk und Igor: „Es ist ausgesprochen undemokratisch, jetzt schon für die Zeit in zwei Jahren zu planen", begründet Haluk seinen Protest: „Dann müßte ich mir jetzt auch schon Gedanken machen, welches Thema wir in vier Jahren beim Treffen in der Türkei anpeilen sollten." Robert reagiert darauf sehr engagiert: „So haben das die Politiker in meiner Heimat früher immer gemacht. Sie buhlten um die Wähler und gaukelten ein Ziel vor, das sie während ihrer Regierungszeit erreichen wollten. Waren sie dann gewählt, war das Thema schnell vergessen."

Sahir erinnert seinen germanischen Freund an die Aussage Montessories. Er formuliert es poetischer, wie das seine Art ist: „Gestern ist das Wasser aus der Quelle entsprungen, das du heute nutzen kannst, um in der Zukunft einen Strom fließen zu lassen. Wie nutzen wir heute das `Wasser´, das gestern entsprungen ist?" Aida denkt bei dem Satz an den Umgang mit der Tier- und Pflanzenwelt. Zu der demokratischen Haltung, wie sie die buddhistische Denkweise verstanden hat, gehört auch die Würde vor der Natur. Sie erinnert sich, wie die Dorfbewohner in ihrer Heimat mit der Natur umgehen. Von den Guaranis haben sie ein Brauchtum übernommen, das die Urbewohner Südamerikas schon immer pflegten. Darüber informiert sie die Runde: „Der Guarani sieht sich selbst als Wesen und Teil der Natur. Er sagt: `Ich bin ein Teil des Bodens, auf dem ich lebe. Dieser Boden ist ein Teil von mir, so wie auch ich ein Teil von ihm bin´. Immer wenn auf der südlichen Halbkugel der Winter zu Ende geht, feiern wir mit unseren indianischen Freunden ein ganz besonderes Fest. Einem Mitternachtsfeuer entnehmen wir die Glut, streuen diese auf den Boden und laufen barfuß darüber. Damit bitten wir das Tier, das wir zu unserer eigenen Nahrung töteten, um Verzeihung." Rodolfo ergänzt den Bericht: „Der Guarani erlebt das Töten von Tieren schon immer als eine `Sünde´, die er begehen muß, um zu überleben. Der Gang über die Glut bei der Sonnwendfeier ist darum ein Bußakt für diese `Sünde´. Dieses Ritual hat uns gelehrt, der Natur würdevoll zu begegnen."

Die Information löst bei Haluk eine große Freude aus: „Das können wir doch beim nächsten Treffen in Kanada auch machen. Der Natur würdevoll zu begegnen, muss immer wieder neu trainiert werden."

Nach einer kleinen Weile, während die Köstlichkeiten des Frühstücks genossen werden, sagt Helmfried: „Alles was sich ein Spinner heute ausdenkt, ist morgen machbar, wenn der Spinner den Mut hat, seine Gedanken auszusprechen." Christian will wissen, was Helmfried dazu bewegt, so etwas zu sagen. „Ich habe gerade daran gedacht, wie es wäre, wenn die drei monotheistischen Religionsrichtungen sich zu einer demokratischen Einheit verbinden würden", erklärt Helmfried, „noch arbeiten die religiösen Autoritäten, der Rabbi, der Priester und der Imame, wenn auch gemeinsam, doch in ihren Auffassungen und Richtungen getrennt." So ganz wird der Jude nicht verstanden. Er merkt das und referiert: „Die Juden haben laut ihrem Tanach den Auftrag: `Macht euch die Erde zu eigen. Das heißt, sie werden verantwortlich gemacht, ihren Besitz allen nutzbar zu machen. Die Christen lesen in ihrer Bibel: `Geht hinaus und lehret alle Völker´. Wie das Wort `Christus´ sagt, predigen sie damit Erlösung und Freiheit. Den Moslems werden in ihrem Koran die entsprechenden Handlungsanweisungen gegeben. Zu lesen ist: `Folgt dem Rat Allahs, er spricht durch seinen Propheten."

Jasper, der mit Religion nichts anfangen kann, fragt trotzig: „Was soll das alles heißen?" Vom christlichen Joan hört er: „Wenn die Menschen sich mit den drei Richtungen zu einer Einheit verbinden und würdevoll nicht nur mit der Natur, sondern auch mit ihren Denkweisen umgehen, wird Religion auch für dich wieder denkbar, denn sie garantiert den demokratischen Frieden unter den Menschen." Jasper verspricht, das auf sich wirken zu lassen. Pioxen reagiert darauf: „Ich habe mir viele Gedanken über die demokratische Herrschaftsformen und die demokratische Lebenshaltung gemacht. Soweit ich erkenne, ist Demokratie keine Herrschaftsform.

Als Haltung steht sie auf fünf Säulen:

1. Alle Entscheidungen werden in einer überschaubaren Basis getroffen, so wie das jetzt in den Dörfern geschieht. Der Austausch und die Informationen geschehen bei Treffen, zu denen einzelnen Personen aus den Dörfern bzw. Regionen punktuell ausgesucht werden. Es gibt kein Amt. Nach Erledigung des Austausches bzw. der Infos ist der Auftrag beendet. So praktizieren wir das in der Gegenwart.

2. Die fünf Grundpositionen im Sozialverhalten des Menschen dienen der persönlichen Freiheit. Sie werden nicht als Wertung erlebt, sondern dienen der notwendigen demokratischen Hierarchie.

3. Statt Geld gilt ausschließlich der Tauschhandel mit einer persönlichen Gutscheinregelung. Der Gutschein ist nicht als Sammelgut verwendbar.

4. ´Ämter´ werden immer nur vorübergehend von   einzelnen Personen oder Personengruppen wahrgenommen. Sie dienen der Gemeinschaft. So werden   Machtpositionen und Monopole ausgeschaltet.

5. Die radikale Liebe und totale Toleranz nach der buddhistischen Lehre gegenüber der eigenen und jeder anderen Person ist Basis der Haltung und des Verhaltens jedes Einzelnen. Diese Haltung wird in der demokratischen Pädagogik permanent geübt."

Für den Schlußbeitrag bekommt Pioxen langanhaltenden Applaus vom ´Colegio internationale´. Diese Gedanken müssen „unters Volk", wie Daniele es formuliert. Alle nehmen das als Auftrag mit in ihre Dörfer, in ihre Regionen, in ihre Länder. Die Freundinnen und Freunde spüren: So kann das Wasser zu einem Strom werden.

Adia drängt es, ihren Mitstreitern noch eine Rede des afrikanischen Demokraten Nelson Mandela mit auf den Heimweg zu geben:

„Unsere tiefste Angst ist es nicht, ungenügend zu sein.
Unsere tiefste Angst ist es, daß wir über alle Maßen kraftvoll sind. Es ist unser Licht, nicht unsere Dunkelheit,
das wir am meisten fürchten.
Wir fragen uns, wer bin ich denn, um von mir zu glauben,
daß ich brillant, großartig, begabt und einzigartig bin?
Aber genau darum geht es, warum solltest du es nicht sein?
Du bist ein Kind Gottes, dich klein zu machen,
nutzt der Welt nicht.
Es zeugt nicht von Erleuchtung, dich zurückzunehmen,
nur damit sich andere Menschen um dich herum nicht
verunsichert fühlen.

Wir alle sind aufgefordert, wie Kinder zu strahlen.
Wir wurden geboren, um die Herrlichkeit Gottes,
die in uns liegt, auf die Welt zu bringen.
Sie ist nicht in einigen von uns, sie ist in jedem.
Und indem wir unser eigenes Licht scheinen lassen,
geben wir anderen Menschen unbewußt die Erlaubnis,
das Gleiche zu tun.
Wenn wir von unserer eigenen Angst befreit sind,
befreit unser Dasein automatisch die anderen."

Sofua und Noah laden zum nächsten Termin in zwei Jahren nach Kanada. Im Jahr 134 n. Tc. treffen sich alle noch einmal bei Haluk in der Türkei Nach dem siebten Treffen sollen die regelmäßigen Begegnungen beendet werden. Eine gesunde Demokratie entwickelt sich unabhängig von einer Überwachungseinrichtung, wie es das ʽColegio internationaleʼ geworden ist.

Joan verabschiedet sich scherzhaft mit dem Bibelzitat: „Geht hinaus und lehret alle Völker."

Alle fahren mit dem Bus, mit Autos, mit dem Schiff oder fliegen nach Hause, wie sie gekommen sind. Die Weitgereisten bleiben noch etwas in der Gegend und besuchen andere Dörfer. Sahir ist für ein paar Tage länger noch Gast bei Pioxen.

Das `Colegio internationale´

Gero & Ricardo, 2 Juden in Jechjahau, Israel
Arif & Kalil, 2 Palästinenser in Jechjahau
    1 Treffen 122 n. Tc. (Technocrash)
Helmfried, ein Germane, lebt in Jechjahau
Aida & Rodolfo aus Cincita - Argentinien
    2. Treffen 124 n. Tc
Robert & Constantin aus Germanien in Alpenhort
    3. Treffen 126 n. Tc.
Adia aus Äthiopien im Dorf Agarun
Ruandus aus Zentralafrika
Amadio aus Südafrika
    4. Treffen 128 n. Tc
Pioxen aus Hongcha in China
    5. Treffen 130 n. Tc
Sofua & Noah aus Kanada
    6. Treffen geplant   132 n. Tc
Haluk aus der Türkei
    Letztes Treffen geplant 134 n. Tc
Sahir aus Nagporan in Indien
Oliver & Daniel aus Nordamerika
Alexis aus Griechenland
Igor aus Rußland
Paolo aus Italien
Joan aus Spanien
Enzo aus Frankreich
Jasper aus den Niederlanden

Quellenhinweise

Maria Montessorie
Kosmische Erziehung   Kl. Schriften 1, Freiburg 1988

Paulo Freire
Pädagogik der Unterdrückten   ro ro ro

Mahatma Gandhi:
Arun Gandhi: „Wut ist ein Geschenk -
Das Vermächtnis meines Großvaters   M. G. Dumont 2017
M. Otto (Herausg.): Mahatma Gandhi -
Worte des Friedens   Herder 1984

Martin Luther King:
Am 28. August 1963 begeisterte er am Denkmal für A. Lincoln
rund 250 000 Gegner der Rassentrennung mit seinen legendär-
en Worten: „I have a dream"   Kindle-Edition

Nelson Mandela
Die Antrittsrede als Präsident von Südafrika am
10. Mai 1994 -   Rhetorik Netzt.de
Rede von Nelson Mandela   karo.b-hoffmann.de

Aung San Suu Kyi:
Rede am 22.10. 2013 im Europaparlament   de.wikipedia.org

Eduard Bach
E. Bach: „Blumen die durch die Seele heilen"   Hugendubel

Über den Autor:

Nach einer Notargehilfenlehre, einer Schauspiel-Ausbildung und Engagements an verschiedenen Theatern studierte Fried Martin 1957 Sozialpädagogik und Sozialpsychologie in Köln und Rom Er absolvierte bei Prof. Ratzinger die Ausbildung zur Missio canonica.

1961 machte er sich bei einem mehrmonatigen Aufenthalt in Indien mit asiatischen Meditationsformen und Heilverfahren vertraut. Danach lebte er bis Ende 1967 in Südamerika. Er leistete sozialpädagogische Aufbauarbeit in einer deutschen Kolonie in Argentinien. Während eines monatelangen Aufenthaltes bei einem Guarani-Stamm in Paraguay erkundete er die Lebensweise der Indianer und ließ sich in die natürlichen Heilweisen eines indianischen Schamanen einführen.

Nach seiner Rückkehr nach Deutschland 1968 absolvierte er eine Weiterbildung zum Kommunikationstrainer. Dabei hat er sich mit humanistischer Psychologie und Meditationsmethoden auseinandergesetzt.

Seit 1978 arbeitet er als Heilpraktiker für Psychotherapie, Supervisor und Coach. Mit der Einführung des Psychotherapeutengesetzes wurde ihm am 27. Feb. 1999 die Heilerlaubnis erteilt.

Er ist Autor weiterer Bücher.   Buchwerk-Verlag
„Karim - Freunde, die Grenzen überwinden."
          Juden sein - Christen sein - Moslem sein
„Nicht lebenswert doch gottgewollt."
          Zum Sterben geboren, zum Leben bestellt
„Himmel oder Hölle - das ist die Frage
          Wege zur beglückenden Partnerschaft

„Auch das ist Mallorca"   Romeon Verlag